生活就是做简单的事

—— 日本百年经典文学精选 ——

〔日〕 夏目漱石
北大路鲁山人
芥川龙之介

等著

钟小源 译

天津出版传媒集团

天津人民出版社

图书在版编目（CIP）数据

生活，就是做简单的事 /（日）夏目漱石等著；钟小源译 . -- 天津 : 天津人民出版社 , 2019.1

ISBN 978-7-201-14358-3

Ⅰ . ①生… Ⅱ . ①夏… ②钟… Ⅲ . ①散文集－日本－现代 Ⅳ . ① I313.65

中国版本图书馆CIP数据核字(2018)第301197号

生 活 ， 就 是 做 简 单 的 事
SHENG HUO, JIU SHI ZUO JIAN DAN DE SHI

出　　版　天津人民出版社
出 版 人　刘　庆
地　　址　天津市和平区西康路 35 号康岳大厦
邮政编码　300051
邮购电话　（022）23332469
网　　址　http://www.tjrmcbs.com
电子信箱　tjrmcbs@126.com

监　　制　黄　利　万　夏
选题策划　阅享文化
责任编辑　玮丽斯
特约编辑　曹莉丽　虞　岚　孙　建　李晨昊
装帧设计　紫图装帧

制版印刷　天津联城印刷有限公司
经　　销　新华书店
开　　本　880 毫米 ×1230 毫米　1/32
印　　张　8
字　　数　110 千字
版次印次　2019 年 1 月第 1 版　2019 年 1 月第 1 次印刷
定　　价　49.90 元

目 录

(001) **夏目漱石　唯单纯与美不可辜负**

　　普天之下，哪怕只有一个也好，必须寻出能俘获自己这颗心的伟大东西——美丽的东西或是纯真的东西。

到达京都的傍晚

(013) **太宰治　我死皮赖脸地活下来，也请夸奖一下吧**

　　日日重复同样的事，遵循着与昨日相同的惯例，若能避开猛烈的狂喜，自然也不会有悲痛的来袭。

禁酒之心 ＼ 酒之追忆

(037) 柳宗悦　择一事，终一生

　　良器能纯化周围的一切，人们能因它心慌意乱，也能因它而心平气和。若是没有器物之美，世界将一片荒芜，杀心四起。

京都朝市

(053) 北大路鲁山人　生活就是做简单的事

　　美味的极致就是米饭。特别美味的米饭，其本身就已经足够了，其他东西也就不需要了。

日本味道

(067) 九鬼周造　美的事物能原谅一切

　　所有的记忆总是美好的，光亮是美好的，阴影也是美好的。世间没有恶人，一切的一切就像诗一样妙不可言。

祇园的枝垂樱

(075) 芥川龙之介　人生就是与命运的对抗

我们必须在同人生的抗争中学习对付人生。如果有人对这种荒诞的比赛愤愤不平，最好尽快退出场去。但决心留在场内的，便只有奋力拼搏。

京都日记

(087) 上村松园　最本真的最美好

毫无卑俗，如珠玉般清澈高雅的画，才是我的追求所在。

京都夏景＼旧时京都

(105) 织田作之助　只要有青春，就有光明

"青春"二字，蒙去上部，剩下日月，日月为明。只要有青春，就有光明。但是在光明投射后的另一面，每个人都会反观到自身的阴影。

大阪的忧郁

(125) **和辻哲郎**　彼岸的时光

沉静而富有激情，好战而趋于恬淡。在沉静中会迸发出激情，在勇于战斗中会达到一种谛观的境界。犹如樱花一般开得突然而热烈，落得悄然而彻底。

京都四季

(143) **宫本百合子**　花开如火，也如寂寞

"爱"这个词的发现，算是人类的一大飞跃。这是因为人类以外的生物，即使能因爱的感觉而行动，也无法拥有爱这个词的表象下所凝聚的爱的观念。

京都人的生活＼高台寺

(167) **木下杢太郎**　远方的幸福，是多少痛苦

职业的选择、配偶的选择，这两件事是青年自己的权利，而且是职责。自己不能决定时，社会真正的道德就不能成立。

在街市散步者的心情

(183) 坂口安吾　我为自己而活

　　人可怜而脆弱，也因之是愚蠢的，他们做不到彻底的堕落。唯坠入堕落之途，我们才能发现自我，得到救赎。

风与光与二十岁的我

(213) 正冈子规　我去你留，两个秋

　　我原本以为对禅的彻悟，就是不论何时何地，都要有死的觉悟。但是仔细想来，是不论何时何地，都要有活下去的意志。

恋

(221) 堀辰雄　起风了，要努力地活下去

　　捉摸不透的雪啊，请再下久一点吧，一直下到即将消失在平原某个角落的旅人回首处，将你那霏霏落雪深深望断之时。

晚夏

唯单纯与美不可辜负

夏目漱石

普天之下，
哪怕只有一个也好，
必须寻出能俘获自己这颗心的
伟大东西——美丽的东西
或是纯真的东西。

夏目漱石

1867—1916

民国时期最受欢迎的日本作者，他被丰子恺称为"最像人的人"，鲁迅更是赞叹道"当世无与匹者"，他同时在汉学和西学上拥有很高的造诣，被人尊称为"国民大作家"。他创作了《我是猫》《心》《哥儿》等诸多对后世产生深远影响的作品，提出"非人情""余裕论""低徊趣味""则天去私"等观点，强调"以美为生命"。1984 年至 2004 年间，他的头像被印在日元 1000 元纸币的正面。

到达京都的傍晚

穷尽街道、穷尽房屋、穷尽灯火，

我必须北往，

直到尽头。

火车如流星般在这春天里迅速贯穿了一百千米的距离，我们在七条的站台上被它无情地甩落，双脚踏在站台的地面上发出冰冷的声音。黑色的火车从它漆黑的咽喉里吐出浓烟，轰隆隆地驶向了黑暗的国度。

京都是个寂寞的地方，平原有真葛，河流有加茂，群山有比叡、爱宕及鞍马，一切都是原始的模样。在这往昔的平原、河流和山脉之间的是一条、两条、三条……直至数至十条[1]，也都是以前的模样，但直到百条千条，过了千年的京都依旧显得寂寞吧。在这春寒料峭而又孤寂的京都，我也有些寂寞了。我站在被火车甩落的站台上，即使寂寞寒冷，也必须去经历，从南向北——穷尽街道、穷尽房屋、穷尽灯火，我必须北往，直到尽头。

"太远了"，坐在后面的主人说道。"很远啊"，居士在我前面说道。坐在中间的我则不停地战抖，在东京的时候我从没有想过日本会有这么寒冷的地方。就在昨天，身体稍微摩擦下就好像要蹭出火花来，沸腾的血液在肿胀的血管里奔腾，在汗水的浸泡中浑身上下都湿透了。东京是一个刚烈的地方，突然离开这个热烈的都市而前往上古的京都，就像是一块三伏天的砾石落入了幽深的反射不出天空的碧绿池塘中，然后发出一丝沉闷的声响，倏忽间我担心这样的声响是否会惊扰了京都寂静的夜。

说"太远了"的主人的车，以及说"很远啊"的居士的车与我的车连成一串，在这狭长的古道上一直往北行驶。一

---

[1]　一条、两条、三条……十条：指日本东西向的街道名。

路上只有车轮滚动发出的响声，在这寂静的夜里越来越高，产生久久的回响。"咯吱咯吱""咯吱咯吱"……碰到石头的话则会发出"喀拉"的响声，这不是一种阴郁的声音，却让人感到一股寒冷。风从北方吹来。

两侧狭窄的小路上到处都是黑色的房屋，门上挂着锁，屋檐下则垂挂着许多硕大的小田原灯笼，放眼望去，一片赤红。灯笼上用红笔写着"善哉"[1]，不知道"善哉"在这没有人迹的屋檐下等待着什么，就在这等待的时间里逐渐地被渲染成了红色。春天的来临总是让人觉得比冬日还要刺骨上几分，夜空中星星此时都不见了踪影，夜色也因此而变得更加幽暗。也许就连加茂川之水都在估量着桓武天皇[2]死亡的时刻，前来掠食着他的亡魂。

是在桓武天皇的统治期间，"善哉"的灯笼被染成红色的吗？但是红色的善哉和京都千年间都不曾被分开过，既然不曾分开过，千年的京都就必须有着千年的善哉。桓武天皇

---

[1]　善哉：有颗粒的红豆汤圆。

[2]　桓武天皇：日本第 50 代天皇，曾将首都迁至京都。

品尝善哉时是什么样的场景，我不能知道，我只知道，我和善哉以及京都的缘分在很久以前就结下了。十五六年前，我第一次来到京都，当时是和子规一起来的。我们来到京都麸屋町的柊家别馆，和子规一起去参观京都夜景的时候，首先映入眼帘的就是红色的"善哉"灯笼，当我看见这红色灯笼时，不知为何我觉得这就是京都，即使是明治四十年（公元1907年）的现在，这个想法也不曾有过丝毫动摇。善哉就是京都，京都就是善哉，这是京都给我留下的第一印象也是最后的印象。然而现在子规已经去世了，我仍然没有尝过善哉的味道。事实上，善哉是什么样子的我都不知道，是汁粉呢？还是煮小豆呢？我的眼前没有任何可供想象的材料，再看到那红色粗俗的字体时，京都这两个字就会如一道闪电般在我心中闪过，然后就会在心中想起……啊，子规已经去世了，如丝瓜干枯般死去了……红色的灯笼仍然在黑暗的屋檐下晃动，我蜷缩着寒冷的脖子，继续由南向北前往京都。

车辆不停地向前行驶着，发出的响声惊扰了桓武天皇的亡魂。前面的主人沉默地坐在车上，坐在后面的居士也一语不发。马车沿着狭长的小道向北行驶。距离越远，风就呼啸得越厉害。我坐在越跑越快的马车上兀自战抖着。在站台上下车的时候，我的膝毯和洋伞被居士捡走了。如果不下雨的话，要洋伞也没什么用，但在这寒冷的春日里，膝毯被人捡走了，着实令人神伤，让我有些后悔离开东京时所花的二十二日元五十钱。

我和子规来访的时候，还远没有现在寒冷。子规穿着薄毛哔叽[1]衣，我穿着一件法兰绒制服，得意地行走在京都熙熙攘攘的街道上。那时子规不知从哪儿买了橘子回来，告诉我："第一个给你。"我剥开橘子的皮，一瓣一瓣地塞进嘴里品尝着，漫无目的地徘徊着。当我们走到一条一间宽的小路时，发现左右两侧的房门中间都有一个小洞，然后从小洞中传来"喂、喂"的叫喊声。 刚开始我以为那只是偶然，继续往前走，只要有小洞的地方都会传出源源不断的叫喊声，声音越来越热情，我转头问子规，那是什么地方，子规回答我说妓楼。我吃着橘子，小心翼翼地走在一间宽小道的中心

---

[1]　哔叽：一种素色斜纹毛织物。

处，害怕突然从房门中伸出一只手将我抓住。子规看到我这个样子，不禁笑了出来。如果让子规看见我现在膝毯被捡走蜷缩着发抖的样子，大概又会笑我了吧。但现在即使我想被子规嘲笑也是不可能的了。

马车左转驶向了一座长桥，穿过桥身，沿着白色的河岸，路经一片参差不齐的屋舍，还以为在前面的路口处车子会转头调向，却没想到在一棵四五抱粗的大树前停了下来。穿过寒冷的市镇，我们来到了一个更加寒冷的地方，抬头从树杈间看着天空，明星的光芒闪耀着照射下来。我在下车的时候想着，今晚会在哪里过夜呢？

"这里是加茂川的森林。"主人说。"加茂川之森是我们的庭院。"居士说。绕着大树逆回到入口处，看见玄关的灯火，这时我才注意到确实有一座房子。

剃着光头的野明先生已经在门口等着我们了，从厨房里探出脑袋的爷爷也是剃着光头。主人是位哲学家，居士则曾在洪川和尚 [1] 门下修行过。整座屋子掩映在森林中，屋后是

---

[1]　洪川和尚：幕府、明治时期的日本禅僧。

一片竹林。怕冷的客人哆嗦着飞奔进屋内。

我和子规来的时候，是十五六年前了，就是那时我在心里把善哉和京都画了等号。趁着夏夜月明，我独自在清水寺周围徘徊，明朗的夜色深处，潜藏着关于过去的柔软念想，就像做了一个遥远的梦。当时的我们幻想着能够大醉一场，明知制服上的纽扣是铜制品，却硬要把它当成黄金，当我们醒悟铜扣就是铜扣的时候，便脱下制服，赤裸地走入社会之中。子规因病吐了血，进了报社，我则出奔到西方国度，我们所处的世界都变得不再太平，子规最终变成了一堆枯骨，他的枯骨在泥土中腐烂着，到了今天，他可能都不会想到漱石竟然会放弃教师的职业成为报社记者。听到漱石来到寒冷的京都，他可能会问："你还记得我们爬圆山的事情吗？"成为报社记者，在纠之森深处与哲学家、禅居士、一老一小两个光头，安静地过着悠闲的生活，对他来说那真是一件令人吃惊的事情。他大概会假装冷笑一声，然后说道："你好歹像个样子了。"子规是个喜欢冷笑的男人。

年轻的和尚对我说："请您先来泡个澡吧。"主人和居士看到我颤抖着的身体，也纷纷说道："您先请吧。"加茂川之水浸透了我的全身，但我的牙齿还是止不住地打战，几乎合不起来，这样的场景从古到今大概是不多见吧。从温泉出来后，他们说："您先睡吧"，年轻和尚拿出一个厚厚的蒲团，把我领到一间十二张榻榻米大的房间里，"这是郡内织吗？"我问道。"是太织，"他说，"这是专门为您新买的。"听了他的说明后，我向他致了谢意，安心地睡觉去了。

虽然睡起来很舒服，上面一层，下面两层都是厚实的被褥，但是纠之森的风吹进我毫无防备的肩膀附近时，仍然使我感到一阵寒冷。马车上很冷，浴缸里很冷，没想到连被褥里也这般寒冷。听主人说京都从来没有生产过有袖的睡衣，我心里不禁感慨道：京都果然是个令人感觉寒冷的地方。

大约午夜的时候，枕边壁橱上那座造于18世纪的紫檀制座钟，发出了如象牙筷敲打在银碗上的声音，我在梦中听到这个声音时，立刻睁开了眼睛，虽然钟声已经停止，却一直回荡在我的脑海里。而且那声响忽强忽弱，忽左忽右，从耳朵进入到大脑里，再从大脑跑到我的内心深处。我的思绪逐渐进入到另一个国度，这钟声将我的身体贯穿，将我的心灵贯穿，然后赶赴幽暗的深处，我的身体和灵魂像冰块一样纯净，像雪瓯一样冰凉。穿着太织的睡衣，我却感觉越来越冷了。

清晨，榉树梢的乌鸦，再次将我从睡梦中惊醒。这不是一只简单的乌鸦，它不像其他乌鸦一般发出的是"嘎嘎嘎"的声音，而是发出了另外一种奇怪的叫声。也许是加茂川的神明教会它的吧，这真是一位令人寒冷的神灵。

我从厚厚的太织棉被中钻出，一边打着寒战一边打开窗户，窗外的细雨如星光般洒下，笼罩着茂密的纠之森，而纠之森又包裹着我们的房子，房子中十二张孤寂的榻榻米，让整个房间更加凄冷。我被这一层一层的寒意包围。

在这寒春之时的神社里，我梦见了白鹤。

太宰治

我死皮赖脸地活下来，
也请夸奖一下吧

日日重复同样的事，
遵循着与昨日相同的惯例，
若能避开猛烈的狂喜，
自然也不会有悲痛的来袭。

日本"无赖派"文学的代表人物，与川端康成、三岛由纪夫并列为战后文学的巅峰人物。他一生创作了《人间失格》《斜阳》《晚年》等诸多优秀作品，被无数年轻人追捧为神。比他作品更出名的是他五次自杀的经历，在一次次的求死之中他经历了比死还冷的生，他认为自己是有罪的。1948 年深夜，他与情人山崎富荣一起投玉川上水自杀身亡。

禁酒之心

酒真是个让人上瘾的魔物啊!

　　我想戒酒,最近的酒喝了之后,总让人觉得很自卑。在过去,喝酒被认为可以培养人的浩然之气,但现在,酒只会让人的精神变得浅薄。近来我极度厌恶喝酒。即使不情愿,但要成为一等的人物,就要在此刻下定决定把酒杯摔碎。

　　一个每天都喜欢喝酒的人,他的精神会逐渐变得吝啬卑小,他会将一瓶酒刻画成十五等份,每天只喝一等份,偶尔不小心喝下了两等份的酒,就不得不再往酒瓶里倒入一等份的白水,然后来回震动,企图能够让酒和水复合发酵,真是让人觉得好笑。另外，还有人在喝烧酎时会提着茶壶往三分满的酒瓶里加一壶茶，再把混合后的液体倒入茶杯中，这喝法仿佛是在品尝漂着茶梗的威士忌，真是太令人愉悦了。这么做有一种虚荣的悲伤，然后装作豪爽大笑的样子，但是旁边的夫人一点都不配合，这就使此番风景更加悲惨了。以前，在做烧酎的时候，如果有远道而来的朋友，肯定会邀请对方进来喝一杯，"进来一起吧，正愁没有人陪我呢。"双方因喝酒彼此之间的谈话也变得有活力起来，但现在只有一种阴郁的氛围。

　　"嘿，那么就从这一等份喝起吧，把门关上，把锁锁好，然后再放下雨帘，要是被人发现，羡慕起咱们就不好了。"一等份的烧酎，根本不会有人羡慕，却因为精神上的浅薄卑微而变得风声鹤唳，一听到外面的脚步声就会惶恐，好像自己以某种方式犯下了不可饶恕的罪恶，整个世界都仿佛怨恨着自己一般，恐惧、绝望、焦虑、不安、愤懑等负面的情绪混合在一起，然后盯着屋里明灭的灯光，一小口一小口地啜饮。

"有人在吗？"入口处传来一个声音。

"来了！"面前的人看起来也像是来讨酒的，那怎么能够让他得逞呢。把酒瓶藏在后面的柜子里，还剩两等份，刚好够明天和后天喝，酒壶里还剩三小杯酒，用来当作睡前酒是再好不过的了，不能把酒壶就这么放着，盖上包裹布，再环顾四周，看看还有没有其他疏漏的地方。确认完毕后，以一种小心翼翼的姿态问道：

"请问是哪位呀？"

唉，光是写下这些事就令人作呕。人如果像这样的话，活着实在是没什么意义，更不要说什么浩然之气了。"在月照的夜晚，在下雪的清晨，举着酒杯在花前停驻，是一件多么风雅的事情。"想要体会古人典雅的心境，试着反省一下，自己真的想要喝那么多酒吗？在阳光的照射下，汗水像瀑布一样，蓄着胡须的大男人们，一个个地在啤酒屋的吧台前排着队，不时地伸长脖子向啤酒屋内看去，然后摇摇头发出一声叹息。长长的队伍依旧毫无变化，内部的人们像洗土豆般混乱拥挤，人们的手肘互相碰撞着，邻座的更是肩膀靠着肩膀，彼此牵制着，然后互相发出了不输给对方的喊叫声："啤酒怎么还没来啊？"还有人操着东北的口音："快把啤酒拿上来啊！"一时间，啤酒屋内喊酒声此起彼伏，异常热闹。等到啤酒被端上桌，大家就都各自专心地喝起自己的酒来，在几乎喝醉了的时候，一位黑色瞳孔中散发着慑人气势的客人，连对不起也不说一声就突然挤进客席之间，这样一来只好有人惊慌失措地退场。等到了屋外重新振作起来，只得再一次排到长长队伍的最末端，等待着再一次进入啤酒屋的时刻。这样的戏码重复上三四次，真的令人身心俱疲。喝醉了之后，四肢无力地踏上归途，小声嘟囔着离开了。我觉得国内缺酒的情况应该没这么严重，最近确实听说喝酒的人变多了，酒有点供不应求，因为特殊时刻，就算是从来没喝过酒的人，也抱着试一试的心态前来喝一杯，尝尝酒是什么滋味。不管什么事，不经历一下总是会觉得吃亏，抱着这种小人的心态，领完配给的酒后，就打算去啤酒屋试试。凡事"输人不输阵"，关东煮也来试一试，咖啡屋似乎也不错……这些店到底什么样子，趁着现在一定要去看一看。很多人都是这么开始喝酒的吧，一开始抱着试一试的心态，结果却逐渐成瘾，没钱的时候，就看着酒杯里倒立的茶梗聊以慰藉，这些人已经很难摆脱酒了。总之，小人往往是最难被改变的。

偶尔去酒店喝酒的时候，也会有很多令人讨厌的事情。客人为了喝酒的卑躬屈膝和店主人傲慢贪婪的模样，常常会激起我禁酒的决心，但时机还不成熟，直到现在还没有实行。

在以前，进到店里的时候，会被店里的人笑着迎接："欢迎光临！"而现在，客人进到店里后反倒得先堆起笑脸，"您好，您好"地向店主、女侍等打着招呼，即使如此也依然会被忽视。为了慎重起见，有些客人进店会先摘掉帽子鞠躬，称店主为"先生"，有人可能会以为这是来卖保险的绅士，但这也是一位上门来喝酒的客人，不过还是照样被店主无视了。此外，还有更谨慎一点的客人，一进门就开始摆弄起装饰在吧台上的盆栽，小声嘟囔着："这可不行喔，还是要浇点水。"然后去洗手间掬来一捧水浇在花上。光是看起来就很辛苦，然而能够浇在花上的只有一两滴，接着从口袋里掏出剪刀开始为盆栽修剪起来，一度让人以为是园艺师来定期修剪，但令人惊讶的是，他竟然是银行的一位高管。为了能够博得老板的欢心，特意把剪刀偷偷藏在口袋里，然而还是一样被无视。无论是默默地等待，还是夸张地做出什么举动，都毫无用处，被老板冷漠地忽视掉。但即使这样，也还是有许多客人为了能讨得一杯酒，心甘情愿地化为店里的伙计，一有人到店里就喊着"欢迎光临"，有客人离开就喊"谢谢光临"。分明当时已是错乱发狂的状态，真是令人同情。店内老板露出一副孤寂的样子，像是不经意地喃喃说道：

"今天有盐烤鲷鱼。"

某个青年立马一拍桌子："太好了，这是我最喜欢吃的东西。"内心却想到这一定很贵吧，我到现在都还没有吃过鲷鱼呢，但脸上不敢流露出丝毫不满。其他的客人也不想放过这个机会，纷纷说："也给我们来一份盐烤鲷鱼吧。"然而店老板一点慈悲心也没有，接着面无表情地说道：

"现在只剩下炖猪肉了。"

"什么，炖猪肉？"一位老先生莞尔一笑道："我等好久了。"但其实他的内心早已默默无语，他的牙齿已经不行了，根本咬不动猪肉。

"还有炖猪肉吗？给我们也来一份。"客人们纷纷叫喊着，分明这些只是为了讨酒的马屁话。

但也有些不上道的人："我不要炖猪肉。"然后站起身走向吧台结完账后径直出了门。

众人目送着这位可怜的失败者离去，一股荒谬的优越感油然而生，"啊，老板，还有什么好吃的吗？拜托了，再来一盘吧……"到底是来喝酒的，还是来吃饭的，可能连他们自己都分不清了。

酒真是个让人上瘾的魔物啊！

酒之追忆

酒一定是
对方一杯一杯地斟给你才会好喝的东西。

虽说是酒之追忆，却不单是回想酒的事情，而是在追忆有关酒的事情的时候，回想自己过去种种生活形态。虽然这是我想说的，不过以此为题却嫌太长了一些，同时也害怕被人以为是故意猎奇、装腔作势而取的题目，所以还是写成了"酒之追忆"。

最近，我的身体有点不太舒服，不得不暂时离酒远一些，但有时候会突然觉得这真是种愚蠢的行为，在这种想法的驱使下就会对妻子说："我需要用酒盅装一些酒来慢慢品味，给我热二合清酒来吧。"

这样的场景时常让我陷入沉思并不由得发出一声感慨。

酒当然要趁热，用酒杯一口一口啜饮才好喝。我从高中的时候开始喝清酒，但总觉得清酒有一股辛辣味，即使用小杯啜饮也很难下咽。因而我对那些喧闹着喝掉一排排清酒的学生们感到轻蔑、厌恶，甚至是害怕。这些都是我的肺腑之言。

但是，不久后我也习惯了喝清酒，在去找艺伎喝酒时，因为不想被艺伎们瞧不起，所以就算这酒真的苦涩得难以下咽，我也坚持着小口抿完，接着突然起身，像风一般冲到厕所一边流着泪一边不住地呕吐。总而言之，每次喝完清酒之后我必定会呻吟着呕吐出来。艺伎们此时往往会为我剥柿子，我再一脸惨白地吃下。反复折腾后也就渐渐习惯了清酒的味道，这也可以说是十分痛苦悲情之后所得的果实吧。

现在即使是小杯喝着清酒，也会如以往般烂醉，更不用说杯酒、冷酒、啤酒或香槟了，我确信这令人战栗的举止几乎与自杀无异了。

以前，一个人独饮可不是一件文雅的事情，酒一定是对方一杯一杯地斟给你才会好喝的东西。"酒只能独饮啊"，这样说的男人，会被认为是一个有点粗俗的小人物。

一口气喝完小酒杯里的酒，周围的人看了都会目瞪口呆，更何况是一杯接一杯地连续狂饮，一定会被认为是撒酒疯的表现吧！这样的人是会遭到社交界驱逐的。用这样的小酒杯连续喝上两三杯都已经会引发如此的骚动了，如果用大杯、茶碗来饮酒，是会上报纸的大事件。这个桥段很好地被新派戏剧用在剧场最后的高潮中。

"姐姐！让我喝一杯吧！拜托了！"

和好色丈夫分手后的年轻艺伎拿着酒杯苦闷不已。当大姐的艺伎还把酒杯拿走了，这更让人觉得苦闷。

"我知道，小梅，我明白你的心情，但是这样一直喝酒是不行的，除非你杀了我之后再喝。"

接着她们相拥而泣，在这样的狂言[1]中，这真是一幕让人为之捏汗的战栗兴奋的场面。

如果是冷酒的话，场面就更加凄惨了。耷拉着头的管家抬起脸，屈膝正对着老板娘，然后说道：

_____

[1]　狂言：一种歌舞伎剧。

"让我说几句吧。"好像是下定了什么决心。

"啊，当然，尽管说吧。反正我对那不肖子的事情都已经绝望了。"

这是老板娘和管家在讨论儿子不检点行为的场面。

"那我就告诉您了，请不要惊讶。"

"没关系！"

"那个，少东家深夜潜入厨房，竟然找出冷酒来……"还没说完，管家就趴伏在地上哭了起来。

"哦！"老板娘听了之后，发出如同枯木的声音。

喝冷酒在当时被看作犯罪的行为，更不要说烧酎及其他酒了，除怪谈以外几乎不可能出现。

这真是一个变化无常的世界。

我第一次喝冷酒，不，应该说被邀请喝冷酒，是在评论家古谷纲武的家里。不，我在那之前也有喝冷酒的经历，但远没有当时的记忆那样鲜明。那时我二十五岁，参加了古谷君的《海豹》同人杂志，古谷君的家是那个杂志的事务所，我也常常去玩，一边听古谷君的文学理论，一边喝着古谷君家的酒。

那时的古谷君，心情好时格外的好，心情不好时又差到极点。我记得是早春的夜晚，我去古谷君家中拜访，古谷君说：

"你是来喝酒的吧。"

这样的腔调让我很生气。我并不是每次都来喝免费的酒啊。

"别这么说。"我勉强笑着说。

于是，古谷君也稍微笑了一下。

"但是，要喝吧？"

"喝也可以。"

"什么喝也可以，你想喝吧？"

古谷君当时真的很讨人厌，我想我还是回去吧。

"喂，"古谷君把妻子唤来，"厨房里还剩下五合酒吧，帮我都拿过来，瓶装就可以了。"

我心想，就再待一会儿吧。酒的诱惑是可怕的。夫人拿来了一瓶五合左右的酒。

"不加温的酒可以吗？"

"没关系。顺便再帮我拿个杯子过来。"

古谷君是个非常傲气的人。

我心中非常气愤，默默地喝了一口。在我的记忆中，这是我第一次喝冷酒的经验。

古谷君把手放在怀中，看着我喝酒，然后开始品评起我穿的和服。

"你身上依旧穿的那件上等内衣啊，还故意把内衣的衣角露出来，这么做还真是碍眼啊。"

那件内衣是乡下的奶奶织给我的。我开始感到一阵无聊，一口一口地喝着瓶里的冷酒，却一点醉意也没有。

"冷酒就像是水一样，一点感觉也没有。"

"是吗，等等就醉了。"

五合酒很快就被我们喝完了。

"我要回家去了。"

"哦，我不送你了。"

我离开了古谷先生的家。

走在夜道上，忽然有些难过，小声地唱着一首轻巧的歌：

我就要被卖掉了啊。

我有些醉了。冷酒确实不是水。当我有了这个意识，醉意就像是一下子从我头上刮起了一阵巨大的龙卷风，我的脚在空中漂浮，扑通扑通地在云雾中挣扎前进，接着，我就跌倒了。

我就要被卖掉了啊。

我依旧小声嘟哝着曲子，努力站起来，接着又跌倒，世界在以我为中心迅速地旋转。

我就要被卖掉了啊。

像蚊子鸣叫似的哼唱着，只不过我的歌声，像是从云端飘来的。

我就要被卖掉了啊。

跌倒了，再站起来，那件"上等内衣"也沾满了泥，木屐也不知道在什么地方搞丢了，我就穿着足袋坐上了电车。

在那之后，我曾喝过几百、几千次的酒，但是，再也没有那么烂醉的体验了。

关于冷酒，我还有一个难忘的回忆。

为了说这一点，我有必要说明一下我和丸山定夫君的关系。

当时太平洋战争打得正激烈，那是初秋的时候，丸山定夫君寄了一封信给我，意思大致如下：

我想去拜访您一趟，可以吗？届时，我会再带个家伙一起去，请您也和他见见面吧。

我从来没有见过丸山君，也不曾跟他有过什么书信上的往来。但是，作为名演员的丸山君的名字我听了之后还是知道的，而且还曾看过他在舞台上的身影。我给他回了一封书信，欢迎他随时来访，还画了一张到我家的地形缩略图。

几天后，我在玄关处听到了曾在舞台上听过的丸山君的声音。我立即起身迎接。

丸山君一个人。

"另一个朋友在哪儿呢？"

丸山君微笑着说：

"其实，是这家伙。"

于是，他从包袱中拿出一个装有威士忌的酒瓶，放在门口的玄关。我很佩服，丸山君真是个洒脱的人啊！那时候，不，即使是现在，我们这样微不足道的人，别说是威士忌，就连烧酎都很难弄到。

"这么说有些吝啬，实在是不好意思，不过今天就让我们两人一起喝半瓶吧！"

"啊，是这样啊。"

另一半自然是要带到别处去吧。这么高级的威士忌，想想也是理所当然的事情，我很快点头同意了。

"喂，"我把内人唤来，"能给我拿个什么瓶子来吗？"

"不，我不是那个意思。"丸山君慌慌张张地说着，"我想今晚在这里两个人一起喝半瓶，剩下的半瓶就放在你家里吧。"

这让我感觉到丸山君真是一个洒脱风趣的人。如果是我和其他朋友的话，拿着一升酒到朋友家里，当然是要和朋友一起把这酒喝光，朋友也认为这是理所当然的事。甚至有时会只带着两瓶啤酒，先一起把啤酒喝光，当然觉得意犹未尽，于是就从主人那里看看能不能钓出什么藏酒，这也就是所谓的以虾钓鲷鱼式的做法。

总之，对我来说，这样优雅有礼节的酒客来访，有史以来还是第一次。

"那不如今晚上一起把它喝光吧。"

那天晚上，我真的很开心。丸山君说，他现在在日本所信赖的人，也就只有我一个了，今后也请多多关照。我听见了，心情很好，有些得意忘形地批评起其他人。没想到丸山君沉默着什么也不说。

"那么，今天就到这里吧。"

"不，不行。还留有一点威士忌呢。"

"不，请把它留下来吧。之后发现还有剩下的时候，心里会有一丝安慰喔。"丸山君用久经世故的语气劝着我说。

我把丸山君送到了吉祥寺站，回来的路上，在公园的森林里迷了路，我的鼻子不小心撞在杉树的树干上。

第二天早上，我一看镜子，鼻子已经变得红肿了，从床上爬起来，我郁郁不乐地走到了早上的餐桌前，内人忽然说道：

"怎么办？要来点餐前酒吗，昨天的酒还剩一点哦。"

被拯救了！原来如此，酒确实应该留一点。这种感觉真好啊！我完全倾倒在丸山君的温柔体贴上。

丸山君自从那以后，经常来到我住的地方，然后带着我到各种能喝好酒的地方。渐渐地，东京的空袭越来越激烈了，但是丸山君的酒席招待一直没有改变，于是我就这么想，这次我一定要付账，小心翼翼地走到收银台前，总是能够得到"丸山先生已经付过账了"这样的回答，于是我一次都没有付过账，这多少让我不是很自在。

"新宿的秋田，您知道吧！据说那里今晚是最后一次提供服务了。我们一起去吧。"

前一天的晚上，东京遭遇了燃烧弹的大空袭，丸山君气势如虹，一副忠臣藏准备复仇的模样，穿戴着一身防卫的消防装束来邀请我。正好那个时候，伊马春部君也认为这可能是最后一次，他穿着全身的盔甲护具来我家，我和伊马君听闻了此消息，决定立即动身，与丸山君一同前往。

那天晚上，在秋田的店里有常客二十多人，只要一有客人进来，秋田的老板娘就会端上一升秋田产的美酒，让客人们喝个过瘾。那之后我再也没有见过那么豪华的酒宴了。每个人都拿着一升一瓶的酒，任意斟酒，用大杯子大口大口地喝着。作为配酒的小菜也像小山一样堆得满满一盘。我在那时候，已经变成了一个不论冷酒或是其他什么酒都能喝下的野蛮人了。但是，秋田产的美酒，酒精浓度似乎很高。约莫喝到七合的时候，我就痛苦地放弃了。

"好像没看见冈岛先生。"在常客中有人说道。

"啊，冈岛先生的家在昨天的空袭中被烧掉了。"

"原来如此，难怪不能来了。好可怜啊，难得的好机会……"

这时候，一位脸上满是煤烟、一身肮脏的中年人慌慌张张地走进了店里，这就是冈岛先生。

"哇，是冈岛先生。"大家都吃惊不已。

在当时这个豪放的酒宴上，最为烂醉、丑态毕露的人，是我的朋友伊马春部君。后来，根据他的来信，他和我们分别后不久就失去了意识，后来睁开眼睛发现自己睡觉的地方就在路边，身上的盔甲、眼镜、钱包等都没有了，几乎全身赤裸的样子，而且身上还有受到殴打的痕迹。他把这当成了在东京的最后一次酒水。几天后，召集令就来了，伊马君被汽船带到了战场上。

关于冷酒的追忆就是这样，接下来再让我说一点关于混酒的记忆。这混酒在现在来说是普通的酒类，谁都不会认为喝混酒是一种不可思议的行为。但是在我的学生时代，这是一件很荒唐的事，如非豪杰，是没有勇气去品尝混酒的。我进入东京大学的时候，被家乡的前辈带去了赤坂的料亭，这位前辈是个拳击家，经常全国各地走，外表一看就是副孔武有力的模样，那样的人就坐在客厅里对女服务员说：

"这里也有酒吧。清酒和啤酒都一起端上来。如果不这么掺杂着喝的话，我可是不会醉的啊。"他就这么狂放地说着。

喝完清酒，其次是啤酒，然后又清酒啤酒混合起来，交替着喝。我有点畏惧他那豪放的喝酒姿态，只敢在旁边拿着小酒杯一口一口地喝着。不久，那个人唱起了《马贼之歌》。"我还没离开家的时候，皮肤像玉石一样光滑，现在却满是枪伤刀伤。"样貌甚是恐怖，我一点醉意也没有。然后，他摇晃着起身说："厕所在哪儿，我要去小便。"我看着他那魁梧的身材，如同小山一样远去的背影，产生了一种敬畏之心，不禁小声叹息，在那时候，只有这样的英雄豪杰才敢大喝混酒，这么说的话一点也不算过分吧。

那现在是什么样子呢？无论是冷酒、杯酒还是混酒，只要有的喝就可以了，只要能喝醉就够了。喝醉了，就算眼睛睁不开，就算喝死掉了也没什么不好。管它什么酒糟、烧酎或是杂七杂八的、奇奇怪怪的酒都端了出来，绅士淑女虽然极力地抿住自己的嘴，但还是忍不住如鲸吸般畅饮啊。

"冷酒真是毒药啊。"

像这样拥抱而哭泣的戏剧，现在只会引得观众失笑了吧。

我最近因为抱病在身，只能久违地喝一小杯酒，想到这其中的变化无常，我只能呆然地回想自身堕落到最终无法挽回的惨剧，而让我不由得全身寒毛竖起的是，身边世态风俗不断地蜕变，就像是正在经历一个噩梦，抑或是什么怪谈，令人毛骨悚然。

柳宗悦

———

择一事，终一生

良器能纯化周围的一切，

人们能因它心慌意乱，

也能因它而心平气和。

若是没有器物之美，

世界将一片荒芜，杀心四起。

柳宗悦

1889—1961

日本著名民艺理论家、美学家，一生始终保持着对手工艺的高度热爱，被誉为日本"民艺之父"。他察觉到了生活中民艺品的实用美学，提出了"用之美"的概念，爱好收集研究日本及朝鲜的民艺品。67 岁时，荣获日本政府授予的"文化功劳者"荣誉称号。

京都朝市

不出名的、极美好的东西，
也许就会不经意地出现在我的面前。

从大正末期到昭和八年（公元1933
年），我在京都住了九年，但现在回想起
来，应该好好看看这个旧都和周边的文化
遗迹。除了岁月斑驳的神社寺庙，我更应
该亲近一些附近聚居的部落，了解他们的
生活。我甚至还错过在这个古老都城中，
至今还存留着的手工艺工坊。我应该仔细
地探访，去见识那些伟大的工程和精美的
手工艺品。京都工艺品的种类达到惊人的
数量，一定比我所了解的要多得多。在这
一点上，应该没有其他比京都更强的地方

了，因为京都古老的传统至今仍在持续。我现在只是见识过其中的一小部分，而当时，我应该更充分地利用时间去增广自己的见闻才是。现在想想难免觉得可惜。

不过，我也并不是徒劳地偷懒。在京都的时候，京都的朝市引发了我浓厚的兴趣，也因着这兴趣我学习了不少的知识。河井宽次郎先生[1]在这一方面可以说是我的前辈了。

所谓朝市，是在一个月中特定的日期和地点举办的集会，一般都是从早上六点左右开始。上至旧衣服，下至有缺口的梳子，朝市上可以说是什么都卖。朝市不局限于一个地方，如弘法朝市、天神朝市、坛王朝市、淡岛朝市、北滨朝市等，也会选择在不同的时间举办。真要把这些大大小小的集市全都逛一遍，至少也需要二十天的时间。其中规模最大的是为期二十一天的弘法朝市，也就是在东寺宽广的寺院内，各处都摆着琳琅满目的商品。弘法朝市与每月长达二十五日的天神朝市经常被人们提到，号称"朝市双璧"。

这些什么都卖的朝市，对我们有着很大的吸引力。然

---

[1]　河井宽次郎：日本陶艺家。

而，我知道朝市的时候，已经是大正末期了，也就是说朝市最好的时期已经过去了。如果是大正初期，或者再往前追溯到明治时期的话，那时候的朝市要比现在精彩得多。随着时代的发展，物品的质量开始逐渐下降。我们经常从商人那里听到："这阵子的东西完全不如以前。"事实上也确实是这样。

即使如此，如果要出门的话，也还是会买一些东西的。朝市商人一般在早上五点到六点之间，用手推车将东西运到集市来，杂货店的那帮人早早地就在这里等着了，好货都会先被他们给弄走。而且，六点以前就出门可不是一件轻松的事，我们一起去的话，最早也得到七八点左右吧。来逛朝市的居民也绝非少数，如果碰到天气好的时候，经常会出现人潮多得无法动弹的盛况。因此，我们一般都是第二、第三波的买方。

比较幸运的是，杂货店的眼光和我们并不一致，晚一步到达的我们还是可以捡到不少那些人不曾注意到的"漏网之鱼"。在这些比市价还低的商品中也是经常能淘出不少好货的。虽然比不上从前的朝市，但这样的朝市也是错过便要大呼可惜的好地方。只要天公作美，我还是会经常光顾大型集市的。

卖东西的人大部分是老奶奶。这看起来是份不错的兼差。买家通常会早早来报到，因为集市通常会在中午的时候就结束了。然而因为我们经常造访，和卖东西的老奶奶都混熟了，她们有时看到不错的物品还会特意帮我们留着。

我想在这里说一点，"下手""下手物"这样的俗语，还是我们从老奶奶们的口中听到的。也就是说，我们买的东西大部分都是老奶奶们口中所说的"下手物"。第一次听到这个词的时候就感觉很有趣，与之相对的是"上手物"，这样来区别使用的话，也会显示出物品某种明确的性质，也许是与之有缘吧，我们也觉得使用这些词很方便。"下手"指的是普通而又便宜的商品，因此民器、杂器之类的物品都可以归到"下手物"里面去。恐怕我们是第一次用文字写这个俗语，叙述其性质的人吧。在大正十五年（公元 1926 年）九月发行的《越后新闻》中，我首次以《下手物之美》为题，撰写了文章。

或许是因为这个俗语的语感很强，又能感受到其中新奇的内涵，所以传播得很快，到了现在应该没有人不知道这个词，就连辞典都不得不收录这个词了。最早收录这个词的恐怕是新村出博士编纂的《辞苑》吧。

同时，随着这句话在社会上的普及，自然而然就有一些人不了解其含义而误用，或者是知道其含义却又故意歪曲，给了它不同的含义，抑或是出于兴趣，将其转用在各种情况之中，这已经偏离了我们原本给它的定义，我们也深受这个词的困扰，饱受了各种误会与曲解。因此，这次反过来，为了避免这个俗语因为我们的关注而受到不必要的误解，我觉得有必要另外创造一个词来代替，最终敲定了"民艺"这两个字。不过，"下手"一词还是有着极大的趣味性，也有其朴实之处在，如果能正当使用的话，肯定会是一个很好的俗语。

虽然谈了点题外话，但在这朝市上我们淘到的最为惊艳的商品，就是"丹波布"，老婆婆们都简称其为"丹波"。我们后来才知道这布是丹波国佐治地方[1]生产的木棉布，当地人都称其为"缟木绵"。这布是手工纺线，草木染色，最大的特色就是在纬丝处织入未经染色的玉线[2]。成色大方，织法温润，非常美丽，我们见了大感惊奇。因为它在不同光线下丰富的色彩变化，简直就像是为茶客特别定制的一样，导致有一段时间，人们只生产这种布。第一次见到这布的时候我就深深被其吸引了，每次都忍不住大肆采购。丹波布之所以会流入京都晨市，其实就是因为京阪地区的人喜欢用它制作棉套。不过现在已经过时了，孤零零地变成了老旧的二手衣被丢进了集市。据说，这布料于幕府末至明治初期盛产。丝线和染法都是其他布料无法相比较的，如果能够早点认识这布料，也许就可以拿来制作茶客们喜欢的提袋或者是茶袋。用剩下的线头还可以编织成的蚊帐，条纹的色泽十分美丽。我曾经用它装裱过几幅大津绘[3]，真可谓是合壁之作。

---

[1]　丹波国佐治地方：今兵库县冰上郡。

[2]　玉线：用一茧双蛹的玉茧制成的线。

[3]　大津绘：江户初期滋贺县大津市流行的民俗画。

这过时的布料也就这么成为我们这群人的宠儿，卖这布料的老婆婆们也特地为我们找来了许多。现在在民艺馆收藏着的、长期陈列的大都是那时候淘来的宝物。将来如果有人编纂日本的棉布史，可千万不能忘了这布料的存在与其不可估量的价值。或许有天它也能成为人们口中赞不绝口的新名物裂[1]。

说到起源，该布料曾被废弃了半个世纪之久，近年来为了谋求复兴，以丹波国冰上郡佐治附近的大灯寺为中心，再次聚集了一大批纺纱者、染色者、织布者一起努力。

当然，在这朝市里收获的不仅仅是丹波布。我自己日常穿的和服也得到了不少的补充。还遇到了一些比新品更结实、更耐穿的好东西，直到三十年后的今天我也仍在使用。完全是拜高质量所赐。或者应该说是织布者的用心吧，这样更为妥当一些。

当然，我购买的并不是只有这样的和服。那时我还收购

---

[1] 名物裂：多指镰仓时代到江户时代中期的舶来贸易品，是最高级的织物。

了很多裂织[1] 或者屑丝织[2] 的和服，因为卖的人甚至都没有清洗，我带回家的时候，还曾被妻子讨厌过，说是不知道什么病人使用的东西。她说的也有道理，我有时也会被这臭味所困扰。吉田章也医生也很担心，于是帮我们把这些衣物全部进行了消毒，家庭的纠纷也就此解决。如今，这些布料全部存于民艺馆中。

朝市几乎什么都卖，除了布制品之外，也有一些陶瓷、漆器、金属品，还有一些木材或者竹子做的工艺品。因为价钱都很便宜，所以也吸引了很多人。也托了朝市的福，我对丹波陶瓷了解得更多了。与以前相比，这阵子的朝市有趣的东西一直在减少，不过我们仍然还是期待着朝市的开启，说不定到时候又有令人出乎意料的宝贝静静地待在某个角落等待我们前去发掘。

一般来说，在这样的朝市里，是不会有什么来头很大的东西。因此，也没有必要用专业的知识来进行选择评估。正

---

[1] 裂织：将老旧的布料剪成碎块，再以麻线织成的再生布料，又名"破织"或"旧布织"。

[2] 屑丝织：用零碎的丝线纺成的布料，又名"矢鳕缟"。

是在这样的地方，每个人都有自由选择的权利。这真是让人着迷的地方啊。正因为如此，人们才能在这里真正随心所欲地挑选自己想要的东西。而当你发挥自己的敏锐直觉时，好东西也自然会高兴地靠近。

民艺馆里还有一只全绿釉装饰，带有指绘图案的大花盆，这也是在朝市的收获。那天我出门比较晚，九点左右才到。那天刚好是弘法朝市开市的日子，宽敞的院内东西也摆放得满满当当。时间已经晚了，有不少人都已经回去了。这时，我突然看到那只大花盆就端端正正地被摆放在草席的中央。当时真是令我吃惊不已。我马上问了下价钱，就只要两日元。这是昭和四年（公元 1929 年）左右的事。我当即把它买了下来，并请店家用草绳绑住了。

奇怪的是，这一天少说有几千人从一大早就开始涌入，特别是小杂货店的那些商人，总是虎视眈眈盯着各种商品。他们怎么可能会注意不到这只花盆子？这件事我到现在还是想不明白，人们竟然会对这十分罕见的美丽物品视若无睹，且仅仅只需要两日元就可以将其收入囊中。我为这只被随手搁置在地面草席上的花盆子感到可惜，于是毫不犹豫地上前把它给买了下来。

　　这只花盆直径长达两尺[1]，有一定的分量且形状并不太方便拿取，所以我费了很大的劲儿才将它带回了家，而且还是要从东寺到我住的吉田山，可以说是跨越了整个京都，它的体积实在是太大了，大到几乎都没有办法带进电车，而且当时的出租车很少，要是搭到我家，车租都要比这盆子昂贵不少。到现在我仍然无法忘记我回到家那一刻的精疲力竭。但是，当我把它放在地板上欣赏时，它所呈现出来的精致与美丽足以让我忘了这一路上的疲惫。这样的花盆非常罕见，现在能存留于世的也非常少了，即使自那之后又过了二十几个年头，我仍然就只见过四五只。其中有一只还是我在鹿儿岛那里寻获的，这也是现在民艺馆中仅存两只中的一只。在仓敷民艺馆也有这样一只极为精美的工艺品。

　　经过多方调查后，我才得知这个花盆的出处，它是在肥

---

[1]　两尺：约六十厘米。

前国[1]庭木生产的。约莫是德川中期制作的。

这里就顺便说一下，我曾经见过一个一样大的大花盆，在它的白化妆土[2]上，用雄浑的笔触刻画了一棵松树。另外，在同一系统的窑中，还发现了很多绘有松树的水瓮和酒瓶。我第一次看到这画着松树的大花盆，是在信州小诸的杂货店里。恰好我当时也在四处寻找水瓮，但一开始还没想到是在哪座窑里烧制的，对昭和初期的陶瓷史我了解得还是相对有限，无论问谁都没能给我具体的答案。顶多就是告诉我大概是在越中濑户[3]一带。

我第一次在《大调和》杂志上介绍这只大花盆是在昭和三年（公元 1928 年）正月，当时也没找到窑的具体位置，只是知道大概产于九州一带。因为是民窑，所以没有人知道它的来历。

---

[1] 肥前国：今佐贺县。

[2] 化妆土：把较细的陶土或瓷土，用水调和成泥浆涂在陶胎或瓷胎上，器物表面就留有一层薄薄的色浆。

[3] 越中濑户：富山县濑户地区。

　　在昭和三年中期的时候，我终于了解到在筑后二川 [1] 曾经生产过这种花盆。我把那个报告写在了《工艺之道》的扉页中。也因为生产于二川的缘故，这种烧制陶瓷也被世人称为"二川"。同时，随着九州古窑遗迹的发掘，也查明了早在二川之前，弓野 [2] 也曾经烧制过这种类型的器皿。再对其历史进行追溯，发现在更久之前，二川以外的地方也曾经生产过。只不过二川是烧制这种陶瓷的最后一个窑厂。当时这种花盆是每家每户生活的必需品之一，肥前一带到处都有人烧制。从广义上来划分的话，前面所讲的与庭木、小田志 [3] 也可以算是同一流派的窑厂了。

　　大部分的花盆里有很多松绘，但是随着搜集品的增多，也发现了梅花、竹子、兰花或岩山等各种各样的纹饰。通过目前得到的知识和经验，已大体上可以勾勒其全貌，走到这一步实属不易。但同时，日本的民窑数量极为丰富，分布区

---

[1]　筑后二川：在今福冈县。

[2]　弓野：在今佐贺县。

[3]　庭木、小田志：在今佐贺县。

域也很广，今后会发生什么也实在难以预测。因此，在某种意义上说，这样的窑厂越是熟悉，就越是无法明确断定。也可以说日本的民窑就像一座庞大的迷宫一样，就算是历史学家也很难找到真正的出路。

再换个话题，像京都这样的朝市在东京是很难看到的，至少一点也不像京都那样的显著。世田谷的旧货市场很有名，但是每个月都是些不起眼的东西，种类变化很少。银座的夜市倒是比较吸引人，不过现在也收摊了。能与京都朝市相匹敌的，也就只有北京的鬼市、巴黎的跳蚤市场以及伦敦的喀里多尼亚集市，这些集市都相当吸引人。这种集市和古董商的店还不一样，它的魅力就在于可以轻松访问，选择也相对自由，而且价格低廉，所以探秘发掘的趣味性十分高。没有人会知道下一刻能找到什么，因此每个人都可以靠着自己的眼光去寻找心仪的器物，而不必担心受到外界的干扰。就像是一个从未被发掘过的狩猎场，是一个没有行情参考的世界。这样的世界，对像我这样的来说，是很难得的。不出名的、极美好的东西，也许就会不经意地出现在我的面前。

北大路鲁山人

生活就是做简单的事

美味的极致就是米饭。
特别美味的米饭，
其本身就已经足够了，
其他东西也就不需要了。

北大路鲁山人

1883—1959

日本艺术史上的全才，不仅精通陶艺、油漆、书画、篆刻，更是个不折不扣的美食家和料理家。他为了艺术与美奉献了自己的一生，25岁时，在中国北部旅行学习书法和篆刻；46岁时，创设了"美食俱乐部"；71岁时，受著名的洛克菲勒财团的招聘，在欧美各地开办展览会和讲演会；72岁时，被指定为"重要无形文化财产保持者（国宝级人物）"，却被他拒绝……他追求简单美的极致，他说："美味的极致就是米饭。"

日本味道

豆腐这种东西，
只要本身好吃，
即使直接在生豆腐上浇酱油也会非常美味。

寿喜烧和鸭肉料理

早在出发之前，我就听闻了许多关于法国鸭肉料理的传闻。

我暗自认为，这些传闻大多是一种对欧美普遍的礼赞，并不是真正可以听信的话。那些急于说法国怎样怎样，美国怎样怎样的人，如果让他们说日本的事，可能就全然无知了。所以说话的内容从一开始就偏离核心了。

就算是日本人，也不可能完全知道

日本的事，所以去了外国也不能正确向别人介绍日本的事。

这不仅对日本来说是一笔大的损失，对外国来说也是很大的损失。

举例来说，如果向别人介绍日本时只能说出日本有富士山和艺伎，奈良可以喂鹿吃煎饼，还为这些洋洋自得，那就难怪对方不能真正地了解日本，更不用说了解日本料理了。

以前就听说纽约有一家很有名的寿喜烧，但真的前去光顾了，却发现那里的寿喜烧也没什么。像桶子般高的铁锅边缘堆积了像山一样的菜叶，然后再放上几片看着就没有食欲的肉片，就这样炖着煮。只有自以为是日本通的美国人才会像家鸭见到食物一般高兴。

店老板是日本新潟人，不知在哪里搭上了移民船偷渡到了纽约，然后和当地人结婚定居，不知是听谁出的主意，开始经营这家寿喜烧店。

和他一番交谈之后才知道，他对自己家乡新潟的事都说不清楚，更不要说东京了。做寿喜烧时就连一件像样的工具都没有。还有他店里的装饰，房间里贴满了怪异的复制锦绘，进去后就像是参加了粗糙的乡下博览会。

我将老板请了出来，告诉他寿喜烧真正的做法，他听完不由得露出惊叹的表情：

"原来寿喜烧是这样做的啊，真令人佩服！"

同样的，那些说着关于法国鸭肉料理的人，也有可能只是听了别人的讲述而已，实际上自己并没有去过。一张嘴就说一只鸭子一万日元，自然会让人敬而远之。这已经不能说是兴趣或是单纯地享受美食了。如果说日本人在当地经常去的地方，那应该就是像居酒屋一样的小酒馆了，即使如此，多数人也都是怀着去"长见识"的猎奇心态，根本就无法真正自由地点菜或者询问菜单。

像"银塔餐厅"这样级别的鸭肉料理餐厅，不仅建筑本身打造得富丽堂皇，就连门口站着的男服务员也身穿正装，一般人进去后根本连大声说话都不敢吧。

我是和画家荻须高德夫妇及小说家大冈升平一起去拜访"银塔餐厅"的。用眼睛环视店内一圈后我发现，比起法国本地人，外国人似乎更多一些。我们也是打着来旅行的名头，即使知道价格昂贵，但还是想点一只大家一起尝尝鲜。一进去就看见穿着燕尾服的男服务员正在处理盛在银盆上的全鸭，用"榨鸭机"鼓捣出汤汁。

男服务员将料理端上我们的餐桌，是只煮到半熟的鸭子，还附着一个标着243767的号码牌。他将鸭子拿到我们跟前让我们过目，然后就把号码牌留下，拿着鸭子离去了。

我对领我们去的导游获须先生说：

"这样的做法根本就无法吃到美味的鸭肉，可以吃的地方就像是吃完后剩余的边肉一样，他们就仅仅是把美味的酱汁淋在边肉上而已，或许其他的客人可以接受，但是我们这一桌一定要将整只鸭都拿上来。"

虽然拜托了获须先生帮我转达，但是听了获须先生话的男服务员只是笑了笑，并没有要帮我转达要求的意思。

我只好重复对获须先生说道："在餐厅付钱吃饭的是我们，我们是客人，无需对他们客气，请您把我的话大大方方地传达出去！"在此，我完成了我生平的第一场表演。通过导游为我进行口头翻译。

"这个客人住在日本的东京近郊，家门前面有一个很大的池塘，在那个池子里养了上千只鸭子，是个光听声音就能分辨鸭种类的专家，对于鸭子的吃法和鸭肉料理都十分挑剔。这位有名的鸭子研究家，对贵店方才的烤鸭方式很是不满。"

不知道荻须先生是否正确地转达了我的意思，但对方的态度比预想的要好，很快就将鸭子拿过来了。应该是成功传达了，端上来的刚好是只烤得半熟的全鸭。

这样就很好了。我把准备在口袋里的播州龙野的薄口酱油和山葵粉取出，用杯子里的水将山葵粉溶化后，倒了点桌子上的醋搅拌成泥状。我的动作好像引起了男服务员们的注意，几个穿着燕尾服、行为端正的男服务员们站在桌前排成了一列，就像一条黑色的山脉沉默地等着我下一步的动作。并不是我自恋，但在如此高端庄重的店里，以这样的方式烹调应该是闻所未闻的事了。这样一想，这些男服务员会如此好奇也是合情合理的。

大冈先生已经在纽约逗留了很长一段时间，此时吃过后不由得感叹道：

"好久没吃到正宗的日本味道了。好像我整个人都苏醒了一样，开始想起日本的好来了。"

令人遗憾的是，店里端上来的葡萄酒着实不好喝。真想说这真的是葡萄酒吗？喝着跟七十五日元一瓶的便宜货差不多。

我实在无法忍受这种便宜葡萄酒的味道，于是便问道：

"没有上等的白兰地吗？"

"有的，请跟我来。"

对方带着我们到了地下室，"请您慢慢挑选。"

下楼一看，沾满了灰尘的葡萄酒，在这里足足有万瓶左右。原来是个葡萄酒窖，我很荣幸能来到这样的地方。

在酒窖里稍待了一会儿，一位像是经理的人说道：

"如果您喜欢的话，请挑一瓶吧。就当是小店送您的礼物。"

这里的白兰地果然香醇，是上等的好酒。此时同行的大家就像遇见珍品，如果一杯接着一杯敞开胸怀喝下去的话就不太妙了。于是我出言劝告大家："对方虽然说是招待我们的，但我们不能因此就放心大喝，这样的行为可是会让日本人蒙羞的。"

法国也是个十分注意礼节的国家，即使这是间知名的餐厅，也不能就因此掉以轻心。

言归正传，从刚才就一直说着鸭子、鸭子，那是以前的日本人弄不清家鸭和野鸭的不同。

银塔餐厅的鸭子其实也是家鸭。家鸭佐山葵酱油的吃法才是最美味的吃法。

美味豆腐谈

要想吃美味的汤豆腐，最重要的是选择好的豆腐。无论怎样讲究药味[1]、酱油，如果豆腐本身不好吃的话也是很难做出美味料理的。

那么，好吃的豆腐在哪里买呢？自然是京都了。

京都自古以来就以水美知名，因为当地有大量的好水，

---

[1] 药味：加在豆腐上的姜泥、碎葱、茗荷等，增加口感和香气的配料。

所以可以做出好的豆腐。除此之外，京都人追求精致的料理以及不用花大价钱的美食，所以京都最终才能以美味的豆腐闻名。

另外，在东京以前有一种叫作"笹乃雪"的名产豆腐，这也是因为好的井水。现在因为当地的水质大大改变，所以只能缅怀一下当时的盛况了。

东京因为水质不好的原因，自古以来就不是很讲究豆腐的优秀制法。因此，想要在东京吃到好吃的豆腐是不太可能的。而且，做出美味汤豆腐的第一条件是优质的海带，东京的外行人根本就不知道如何入手，要享用美味的汤豆腐更是难上加难。

那么，我们接着说京都。如果说京都的豆腐无论哪的都能那么美味，似乎也并不是这样。今天，即使是好水之都，因为自来水的普及，产品的自动机械化生产，而且为了节省经济成本，使用的黄豆也尽是些劣质黄豆。因此就算是京都，也很难品尝到美味的豆腐。

说到这，之前有一间位于京都花街绳手四条的老店，仍然遵循着古方做豆腐。那家豆腐的制作方法现在也成了祖传秘方，寻常人即使想了解也找不到其方法了。幸运的是，我取得了这家店主的信任，由他传授给我祖传秘方，并且做出了和本家店铺差不多的豆腐。当然，这也是因为我家里有适合做豆腐的优质好水。

即使在京都被授予了秘方，但如果缺少好水的话，也不会做出美味的豆腐。很遗憾，绳手的这家店现在已经没有了。

采用优质的好水，选择上等的黄豆原料，制作全程抛弃机械，全心全意以手工制作，我也能做出优质美味的豆腐。豆腐这种东西，只要本身好吃，即使直接在生豆腐上浇酱油也是非常美味。无论是做成烤豆腐、炸豆腐，抑或飞龙头（油豆腐球），都好吃到让人怀疑：这真的是豆腐吗？想品尝美味汤豆腐的人，一定得选择这样的豆腐来作为原材料制作。

在嵯峨的释迦堂附近、知恩院古门前以及南禅寺附近的豆腐也很有名，这些应该都是因为有优质好水和黄豆的缘故吧。

做汤豆腐，需要有如下准备：

一、砂锅——砂锅是最好的道具，如果没有，银锅、铁锅之类的也可以。要是都没有的话，只能用珐琅瓷锅、铝锅这些，只是这些传热太快感觉都不好使，煮的方法也不能尽兴。最好用火炉和炭火来煮。

二、杉筷——吃豆腐用的筷子，最好是杉筷，如漆筷、象牙筷之类的不容易把豆腐夹起来。杉筷不滑溜，最适合夹起滑溜的豆腐。如果有银网匙等配合使用，效果会更好。

三、海带——在倒满水的锅底铺上一两张海带，然后放入豆腐煮。海带的长度约为二十厘米。为避免熬煮时沸腾的水泡将豆腐和海带浮起，最好先以刀将海带划出隙缝再放入锅底。

四、药味——葱末、生姜泥、七味粉、茗荷花、柚子皮、山椒粉等，有这些药味来调配，才会别有风味。这其中最不可缺少的是葱。其他的可按季节或者各人的喜好来自由搭配。然后可以再准备适量的薄生鱼片。食用前削，味道最好。

五、酱油——上等的酱油是必不可少的。在放酱油之前，可以放上面所说的生鱼片和药味。豆腐吸收了下方海带的美味后，只要淋一点酱油调味就可以了。尽量不要添加化学调味料。

六、豆腐——如上所述。

东京人本来就不懂何为美食，快节奏的生活也使得极少有人去细细品尝食物的味道。反而是地方上的城市和村镇，容易找到藏着美食的好地方。有志向的人可以参考各个地方的美食，好好品尝一番。

美的事物能原谅一切

九鬼周造

所有的记忆总是美好的

光亮是美好的，

阴影也是美好的。

世间没有恶人，

一切的一切就像诗一样妙不可言。

九鬼周造

日本近代哲学家，师从海德格尔、李凯尔特、胡塞尔等著名哲学大师，是日本为数不多的能够在德语语境中理解西方哲学的东方哲学家。他创作过一本《"粹"的构造》，这是比《菊与刀》还要早的日本人论。他一生喜欢美的事物，和服平行的纹理、祇园散落的樱花、恋人之间欲说还休的距离……他说："在美丽的樱花之下，一切事物，无论美丑，皆可被原谅。"

祇园的枝垂樱

我从心底为这些素未谋面的人们祈祷，
祈祷他们都能幸福。

　　我喜欢树，凡出门必不会错过。到
西方国家是如此，日本就更不必多说了。
然而时至今日，我还没有见过比京都祇
园名樱——枝垂樱更美的树。最近这些
年来，只要一到春季，我都会前去欣赏，
越看越觉得其中蕴藏着无限美好。

　　位置及环境，是促成它的美所必不
可缺的因素。名樱的背后是染上了红霞
的春季青空以及翠色袭人的东山，在地
势比较高的地方展现着其温婉沉静的壮
丽之美。入夜之后就更美了。青空逐步

加深，晕染成了靛蓝，玄青的碧山悄然化为紫绿色。现代的照明灯笼盖着枝垂樱的身躯，妖艳的身姿如梦似幻地浮现在人们的眼前。此时即便说它是美神现世也不为过吧。我在樱树下停停走走，这边看看，那边瞧瞧，视线怎么也舍不得从它身上移开。这心情就像是我曾在罗马与那不勒斯欣赏阿弗洛狄忒[1]大理石像时一样，只觉得就连那炽烈燃烧的篝火也得拜服在美神的魅力之下。

也许有人觉得那一带的餐厅与茶馆丑恶得令人厌烦，但我不这么认为。因为在这美神的身边，我觉得一切皆美，一切皆善。即便是醉汉抱着一升酒瓶闹事也无妨。我也可以不去在意那些离开队伍、在路边旁若无人般站着解手的男子。在这樱树面前，无论人们表现多么疯狂，做出多么离经叛道的行为，都未必是一件丑事。

今年我曾连着三天去祇园散步，无奈去得还是太早，第三天去的时候，花也只是开了两三分而已。后来又是下雨，又是世俗的牵绊，我竟忘了樱花之事。等我想起，前去观赏

---

[1]　阿弗洛狄忒：希腊神话中的美神。

之时，樱树已经夹杂着绿叶，开始逐渐凋零了。我终究还是错过了今年樱花从七八分到盛开，由青涩蜕化为成熟的最美时刻。

过了几日，我怀着已经无花可赏的心态，再次前去祇园。那时候大概是晚上八点左右吧，我在枝垂樱前的广场上散步，从一座小舞台那传来音乐声，大概有二十几人在樱树下围成一圈跳舞。其中有四十多岁的秃头男子，也有剪着可爱娃娃头的小女孩。不管是戴着绅士帽还是狩猎帽，穿着和服还是西装，甚至还有一些直接穿着脏兮兮工作服的年轻人，都在那儿边打着拍子边跳着舞蹈。木屐、草履、皮鞋、赤脚、藏青色足袋全都在配合乐曲，踩着一致的节奏。有的人绑着辫子，还有的人盘着头发。就在我回头眺望已经满是绿叶的樱树时，穿着外套的桃割髻[1]与穿着红色围裙的圆髻[2]也加入了跳舞的人群。站在围观的人群之中，我看了一会儿，身旁的男子低声说："像这样人少一点才好。"看来像

---

[1] 桃割髻：江户后期到昭和初期，年轻女性所梳的发型。

[2] 圆髻：江户时期到明治时期，已婚女性最流行的发型。

这样来跳舞的人在樱花盛开时可能要更多。

　　沿着知恩院前没有夜灯的小径独自回家，一路上我思考了很多。如果工薪族、店员、司机、工匠、店铺伙计、女事务员、女秘书、女服务生、旅馆接待员、加油站女孩都能像这样毫无隔阂地在一起跳舞，是一件多么美妙的事啊！这样春季的夜晚，最适合男女共舞。没有比这更理所当然的事了。日本能让异性在一起玩的娱乐实在太少了。人又不是每时每刻都能让自己努力工作的生物。偶尔痛快地玩一场，工作效率也能随之提高。有识之士可以从思想问题及社会问题切入，并深入思考。这样不花一分钱，每个人都可以参与游玩的舞会，该有多么美妙啊！这样的机会有必要推广开来。为了生存，大家都活得很辛苦。在尽情跳舞的时候，管它什么烦恼统统都忘却吧。

　　樱花樱花，哎呀呀
　　若是有缘来相会
　　上前吧上前吧，上前吧上前吧

我的耳边还回响着歌声，这歌声让我满心欢喜。我从心底为这些素未谋面的人们祈祷，祈祷他们都能幸福。接木的老樱树啊，快点重返年轻吧。用你所标榜的美和爱，化为守护人间人性的守护神吧。

人生就是与命运的对抗

芥川龙之介

我们必须在同人生的抗争中学习对付人生。

如果有人对这种荒诞的比赛愤愤不平，

最好尽快退出场去。

但决心留在场内的，

便只有奋力拼搏。

芥川龙之介

日本文坛"鬼才",大正时期最优秀的小说家。他是夏目漱石的弟子、堀辰雄的老师、太宰治最崇拜的人。在他短短12年的作家生涯中,共创作了短篇小说148篇、随笔66篇、小品文55篇,以及游记、俳句、和歌、汉诗等多种文体。夏目漱石曾预言他"必将成为文坛上无与伦比的作家",就连村上春树也禁不住感叹"芥川龙之介惊人的文学成就和深厚的文学素养无人匹敌"。1935年,菊池宽为纪念芥川龙之介而设立了"芥川奖";1950年,导演黑泽明以芥川龙之介的小说《竹林中》为原型改编的电影《罗生门》,让更多人了解到这位英年早逝的作家。

京都日记

离开东京以后，
我在这豪华的茶室里，
首次体味到了真正意义上的旅愁。

光悦寺[1]

　　光悦寺正殿旁的松林中坐落着两间小屋。这两间屋子都神秘地关门闭户，不像是仓库之类。不仅不像，其中一间还挂着大仓喜八郎[2]写的匾额。我叫住带领我参观的小林雨郊问："这是什么地方？"他

---

[1]　光悦寺：位于京都北区的佛寺，观赏鹰峰三山——鹰峰、鸳峰、天峰的胜地。

[2]　大仓喜八郎：日本企业家。

回答："这是光悦会 [1] 建的茶室。"

我顿时觉得索然无味，这个光悦会真是无聊至极。

"那帮人该不会觉得比光悦大师更了不起吧？"

小林君听了我的毒舌后，笑嘻嘻地说："自从这茶室盖好之后，鹰峰和鹫峰相连的样子就看不见了。有这闲工夫还不如把那片杂树林伐掉，这样还更省事一些。"

望向小林君用洋伞指示的方向，果不其然，初夏的树林有些杂乱无章，树梢阴森森地伸展着，遮挡住了鹰峰左麓。如果没了那片树林，不仅能看清山的样貌，就连在对面日光下闪耀着的大片竹林也能尽收眼底。果真如他所言，比起大肆兴建茶室，伐掉树林反而要轻松有趣得多。

其后住持让我们到客厅去，观赏他珍藏的宝物。其中之一是一幅大约八寸 [2] 见方的小画轴，在纵横交错的银色桔梗与金色芒草之上，还龙飞凤舞地写着一首和歌，芒叶垂落的姿态画得很有趣味。小林君是这方面的专家，住持把画轴

---

[1]　光悦会：为缅怀本阿弥光悦而发起的茶会。本阿弥光悦，日本江户时期的书法家、艺术家。

[2]　八寸：约 24 厘米。

挂在壁龛旁的支柱上后，他就嘴里不停地赞道："真美，这银粉也烙得恰到好处！"我叼着敷岛[1]，原本有点闷闷不乐，但见了这幅画，立刻觉得心平气和了。

过了一会儿后，住持转向小林君道："再过不久，我们这还会再建一间茶室。"

小林君似乎也有些惊讶："又是光悦会吗？"

"不是，这次是以个人的名义筹建的。"

刚刚缓解的燥郁心情此时又变得有点奇怪了。到了眼下的局势，这些人到底把光悦大师当成什么了？把光悦寺当成什么了？把鹰峰当成什么了，我真是百思不得其解。他们这么想建茶室的话，不如多买些茶屋四郎次郎[2]的老宅邸，或者是哪里的麦田，尽情地修建茶室吧。茶室的屋檐下全都挂上匾额和灯笼。如此一来，我也不用特意跑来光悦寺了。没错，谁稀罕来呢？

我们离开后，小林君说："咱们来得还正是时候。如果

---

[1] 敷岛：香烟品牌。

[2] 茶屋四郎次郎：江户时代的京都富商，这是代代传袭的名号。

再多盖几间茶室就更不像话了。"我仔细想想，我们来访的时机的确挑得很不错。但是我觉得还是很遗憾，如果我能在一间茶室都没盖前来，岂不更好？我带着这点闷闷不乐，和小林君一起走出光悦寺后方那孤寂的大门。

竹林

一个雨后初晴的夜晚，我搭车经过京都的市区，车夫问道："要去哪儿，要往哪边走？"要去哪儿？自然是旅馆啊。"去旅馆！去旅馆！"在桐油纸后方的我重复说了两次。司机说不知道那家旅馆在哪儿，车子就像巨石般伫在马路中央，一动不动。听他这么一说，我也不知道该怎么办才好了，只能边走边找。虽然我知道旅馆的名字，却不记得旅馆在哪一个区域。使用这个名字的旅馆又有很多，单靠名字，再聪明的师傅也无法把我带到正确的那间。

我正烦恼的时候，车夫摘下车灯说："是不是在这一带？"往外借着灯笼的光一瞧，车子开到了一片竹林的前方。夜幕中万千翠竹密密交错，交叠的竹叶泛着冷冽的微光，带着点濡湿的光泽。我心想这个地方也太诡异了，我连忙和车夫说，旅馆并不在这种野外，从旅馆出来转两个弯，就能看到四条的大桥了。没想到司机顿时一脸惊讶，说这里也是四条的附近。我说："啊？是这样吗？还是开到热闹一点的地方吧。"于是他发动车子再次前行，没想到下一个巷子左转后就到了"京舞"练场前，当真是一件奇妙的事情。这个时候恰好是"京舞"时间，两侧规规矩矩地挂着点了火、画着祇园糯米丸子串的红灯笼。这时我才醒悟到，刚才遇见的竹林就是建仁寺。不过那片冷冽深沉的竹林，竟然与这热闹朝气的花街两两相对，实在令我百思不解。后来，我平安抵达了旅馆。但当时那种有如被妖狐蛊惑般的感觉，至今仍挥之不去……

后来我才注意到，不管上哪儿，只要是在京都闹区交界的地方都有竹林。无论是在怎样繁华热闹的街区，这一点都毋庸置疑。刚刚走过一排热闹的房子，转眼间就看到了竹林。刚想要感慨的时候，又瞬间回到了闹区里。特别是那晚的建仁寺竹林，后来我每每路过祇园的时候，那片竹林都会突然就出现在我的眼前，如当头棒喝一样……

　　然而当我习惯了这番景致之后，我又觉得京都的竹子生长得十分神奇，竟没有半点刚健之气。柔顺的竹子仿佛已经和这城市融为一体，连根吸收的水分也散发着脂粉的气息。换种说法，这竹子生长得就像是"琳派[1]"画师笔下的那个模样。若如此，即使是生长在闹区，自然也不会觉得十分碍眼。不过在祇园正中央，如果也有两三棵宛如光悦描绘金画中的粗壮竹子参天矗立着岂非更妙？

　　裸根亦如春雨竹，苍翠欲滴。

　　在大阪时，龙村先生[2]要我写点什么，我想起京都的竹林，就写下了这首俳句。京都如此多竹，竹子自然别具一番京都风情。

———————

[1]　琳派：日本的画派，着重装饰性与华丽风格。

[2]　龙村先生：龙村平藏，日本染织研究家。

舞伎

我在上木屋町的茶屋里喝酒时，其中一个艺伎欢闹不休，令人略感不快。我觉得她应该是那种急躁的性子，就让小林君来对付她，而我则转向坐在我旁边的舞伎，她发际的脂粉比较淡，依稀露出微黑而健康的皮肤，正规规矩矩地品尝着山茶叶年糕。我觉得她比刚才那位欢闹的艺伎有趣多了。看她还有点孩子气的模样，十分可爱，于是我问她会不会体操。她回答："忘了体操怎么做了，但还会跳绳。"我本想让她跳一个看看，这时却响起了三味线的琴声。我也只好暂时作罢。不过真要让她跳给我看，她大抵是不肯的吧。

小林君和着三味线的乐曲，开始哼唱改编了歌词的大津绘调 [1]。歌词全都写在半切 [2] 上，不看的话似乎便没办法唱好。有时眼看着小林君快要接不上词了，陪唱的两三名年轻艺伎就会在一旁帮腔。如果连这些艺伎都唱不下去了，一

---

[1] 大津绘调：一种俗曲，江户后期到明治期间，在日本十分流行，以三味线伴奏的短歌谣。

[2] 半切：书道纸裁半后的尺寸，34.8 厘米 × 136.3 厘米。

名叫阿松的年长艺伎就会帮腔。我觉得自己就像是在观赏多幅书画拼凑起来的屏风，各种不同的声音，轮流拼补大津绘调，一个接一个往下唱，十分滑稽。所以听到一半的时候，我就哈哈大笑了起来。小林君也被我逗得唱不下去，跟着笑了出来。只剩下阿松独自唱到最后。

后来，小林君请舞伎来跳舞。阿松说客厅太小，就拉开唐纸拉门到隔壁表演。刚才那个吃年糕的舞伎乖乖到隔壁房间，跳起了《古都四季》。可惜我是个外行人，也不知道她跳得好不好。只见她发间花簪微倾，腰间锦带长垂，手中团扇在灯下划过弧影，舞姿十分曼妙。我夹起烤鸭一边吃一边观赏着这有趣的表演。

实话实说，我之所以觉得有趣，不仅仅是因为优美的缘故。舞伎似乎染了风寒，每次将脸朝下的时候，总会隐约从那小巧的鼻子深处，传出闷闷的有如踩踏春泥的声响。这使她看来完全不像是个早熟练达的舞姬，反而让人感到格外自然。我也在不知不觉中喝醉了，今晚让我觉得很舒适。舞曲结束后，便赏了她一些羊羹和山茶叶年糕。若非怕舞伎难为情，我还真想告诉她，你刚才跳舞时足足吸了五次鼻涕。

不久，那名有些欢闹的艺伎回去了，房里顿时安静了下来。我看了一下玻璃窗外，广告灯的光线倒映在河面上。天空阴沉沉的，分不清东山在哪个方位。这使我反而有些心生郁闷了，于是我对小林君说："要不要再唱大津绘调？"靠在扶手椅上的小林君孩童般地笑着婉拒了。大概是真的醉了吧。舞伎似乎也吃腻了年糕，一个人安静地折着纸鹤。阿松与其他艺伎正悄悄议论着家长里短……离开东京以后，我在这豪华的茶室里，首次体味到了真正意义上的旅愁。

上村松园

最本真的最美好

毫无卑俗，
如珠玉般清澈高雅的画，
才是我的追求所在。

明治、大正、昭和时期都十分活跃的女画家，师承铃木松年、幸也梅岭、竹内栖凤等大师，在日本画坛享有"前无古人，后无来者"的绝高评价。15 岁时，她凭借《四季美人图》参展第三次内国劝业博览会，获得一等奖，一时被传为京都绘画界的"天才少女"。73 岁时，她获得了由昭和天皇颁发的文化勋章，成为第一位获此殊荣的女性。她一生创作了《序之舞》《焰》《母子》《深雪》《杨贵妃》等诸多优秀画作，成为日本为数不多的在国际上也享有盛名的女画家。

京都夏景

我还是怀念过去的事物，
总让我觉得十分美好。

　　现在的京都街头跟我儿时记忆里的
面貌全然不同，变成了一个徒有古都之名
的地方。这一切只能说是时代变化带来的
不得已的改变，电车通车了，汽车也满
街跑，白色的建筑物随处可见，和以前
相比，只能说这些改变也是自然而然的结
果。加茂川上的桥，只余三条还留有以前
的模样，其他的几乎都已改成常见的近
代风格。拿那座装饰着拟宝珠[1]的桥与坚
固的四条水泥砌成的大桥相比较，无论是
谁都能从中捕捉到时间流逝的痕迹。虽然

---

[1]　拟宝珠：日本某些桥上的装饰物。

三条大桥那样的往日风景我很怀念，不过以前的有以前的美好，现在的也有现在的优点。现在已经看不到梳着后蜻蜓髻的女孩了，但是在我五六岁的时候随处可见。近些年的小女孩都剪着娃娃头，穿着明亮的及膝洋装，看起来既可爱又朝气蓬勃、大方得体。看到现在的这些女孩们，再想到那个梳着硬邦邦后蜻蜓髻的时代，我感到有些恍惚和诧异。我已经有些记不大清那是个什么样的年代了。

　　不过，我还是怀念过去的事物，总让我觉得十分美好。直到现在，我还是经常能够在脑海中很清晰地重现出当时如画卷般的京都街景，十分开心。

　　我十七八岁的时候，经常去四条大桥的附近纳晚凉，桥下河边的浅滩上，并排排着一整排长凳，四周点着雪洞灯[1]，荧荧火光映在安静的河面上，多么美丽的风景啊。长凳上坐着许多乘凉的人，他们扇着扇子，品饮茶汤或甜点，或是互相斟酒。桥边一家大餐厅藤屋，架了一条通往河岸的木板小桥，女服务生可以在餐厅和岸边来回穿梭，送上为客

----

[1] 雪洞灯：一种纸罩蜡灯。

人所做的料理。站在桥上欣赏这番热闹的不止我一人。拂过河面的风带来了阵阵清凉，水面倒映着长凳、雪洞灯、随粼粼微波摇曳的灯影、纳凉人、服务生，这是一种热闹非凡却也清爽闲适的夏季景致。这真的是很久以前的回忆了。现在我再去四条大桥，总禁不住会感慨，就算是梦中，人们也很难体会到我曾在这里享受过的闲适却短暂的夏夜。京都夏天最具代表性的景物，可能就是傍晚的四条河岸边了，为此我还留下了不少绘画作品。

除此之外，夕阳下坐在浅滩长凳上把脚泡在水中乘凉的美少女，虽然和前面的画面大不相同却也是十分养眼的景致。此时此刻，即使不是五官精致、身材窈窕的年轻女孩，在旁人看来也算是一个清秀佳人。

夏天让人感到兴奋的另一个乐趣，是午后的阵雨。倾盆大雨一下子填满了御所的池塘，也将街头萦绕的热气全部洗去。我家门前的马路也瞬间汇成了一条小溪，御所池子里的大鲤鱼也在路旁跳动着，街上的孩子们兴奋得哇哇大叫，烦闷寂静的夏日午后瞬间就热闹活泼起来，每每回忆起来，就忍不住嘴角上扬，也算是夏季难得的美好景致了。

　　不管怎么说，旧历盂兰盆节的时候，应该算是最难忘的，到了那时，热闹程度可以跟庙会媲美，整个城市都萦绕着一种活跃的气氛。小时候，每到盂兰盆节这一天的傍晚，洗完澡后的女孩们都会提着大人买来的红灯笼，灯笼上画着自家的家纹，东西街道的孩子们都聚集在一起，比较着灯笼上的家纹。年长的女孩等孩子们全都到齐之后，就会请大家排成一列，唱起可爱的歌曲：

　　佐野屋的系樱

　　到处都很忙哟

　　屋檐的底下，茶屋的门口

　　来吧来吧，进来坐坐吧

　　她们还会把队伍排成两列，让年纪最小的孩子走在前面，然后在城里并排游走着。对小女孩来说，这是难得的可以玩得非常尽兴的日子。

　　她们梳着前面提过的后蜻蜓髻、茛盆髻，还有吹髻（吹髻是阿波十郎兵卫宅邸[1]里阿弓梳的发型），她们顶着这些头髻在城里走来走去，发髻上还插着银制的芒花发簪，有的则插上清凉的盛水玻璃球。当时才刚进入明治时期，路上还没有奔驰的汽车，也没有巴士这些吵闹的交通工具，所以她们才能在城里排着长长的队伍边走边唱。

男孩子唱着：

嗨哟，走吧，走吧

他们会提着比女孩大一点的白色灯笼，上面同样画着家纹。

嗨哟，嗨哟
从江户到东京，真是好厉害

孩子们成群结队地一边唱着一边绕城走着。

当时，一种叫作白鬼的游戏也很流行，这也是一个可以让孩子们在城里自由跑动的游戏。游戏里有首歌是这么

---

[1]　阿波十郎兵卫宅邸：阿波十郎兵卫屋敷是介绍阿波净琉璃的小型博物馆，定期上演人形净琉璃《倾城阿波鸣门》，阿弓是其中的角色。

唱的：

> 村子的守卫啊
>
> 来吧，把这杯干了

在以前，孩子们玩耍的地方遍布街道各处，包括大马路上，现在的孩子则被大人教导说不能随便在外面玩耍。因为现在不管是大马路还是小巷子，随处可见自行车和汽车，马路上也变得越来越热闹，这样相比较下，还是以前的孩子更幸福吧。

曾经有一段时间，我很喜欢夏天。夏天天气晴朗又热闹。现在我的身体越来越差，耐不住暑气了。

我最喜欢的正好是金木犀开花的十月，那个时节脑中的思路最清晰，身子也最清爽，感觉十分舒适。

旧时京都

这阵子，

嘴边的那份美丽，

在京都女子的身上再也见不到了。

　　我是在京都四条通出生的，那栋房子已经不在了，现在是一家叫"万养轩"的西餐店。如今那一代属于京都的中心，热闹非凡。时过境迁，我记忆中四条通的样子已经看不到了。

　　在东洞院和高仓通之间，也就是现在交易所的地方，是萨摩屋敷，经历过明治维新的战火之后，大街上被一座座楼房给完全占据，但是小巷子还保留着旧时的模样。在我八九岁的时候，那里还是一块长满芒草的荒地。

在万养轩的对面，现在是一家叫作"八方堂"的古董店，当时是一家叫作"小町红"的化妆品店。当时的小町红可是非常盛行的，现在虽然这间小铺子不在了，但小町红的品牌依旧还在。

那时候的口红是涂在碗内侧来卖的，所以镇里的很多女孩都会带着各自的小瓷碗来请店家刷上去，而帮忙刷口红的，都是些很漂亮的女人。

如果让粗鲁的男人来手刷口红，看上去就一点儿也不像是在卖口红的。小町红总有一些漂亮的女性，例如某家的媳妇或女儿，她们绑着割葱髻，再用绯红色的碎布包住发髻坐在柜台那，客人来店里光顾时，她们就利索地把口红给刷在瓷碗内侧。光顾店里的客人，大多都是年轻的女孩。现在一想到小町红，总有一种难以言说的怀念情绪萦绕在心头。

以前是刷在瓷碗里浅红色的口红，现在却大数是西方传过来的棒状口红。以前使用口红时是用小巧的口红刷蘸取，涂法也不是像现在这样把上唇和下唇都涂成大红色。明明是个女人，却神气十足地涂得像吸了血一样，这是受西方不良习气的影响。

口红还是得上唇涂浅红色，下唇涂深玉虫色，看起来才显得温婉可人。如今这种涂法只有偶尔在舞伎的脸上才能看到了。这阵子，嘴边的那份美丽，在京都女子的身上再也见不到了。

那个地方曾经被叫作"奈良物町"。

在四条柳马场的拐角处，有一家叫作"金定"的丝纺店，那家店有个媳妇叫阿来。虽然时常能够看到她剃去眉毛后留下来的青色剃痕，不过好在她肤色白皙，青丝如云，后颈的发际也很长，是个无法形容的美人。

糖果店的阿岸也是个美丽的人。

面屋的阿矢也是个人尽皆知的美女。面屋是一间人偶店，阿矢的本名叫阿筑，不过邻人总喜欢"阿矢、阿矢"地叫她。她是个非常擅长舞蹈的女孩，扇子使得特别好，她的八扇舞，连专业的舞者都不能模仿，很受大家欢迎。

当时弹民谣十分盛行，阿矢的母亲个性温和，非常有女人味，她的三味线弹得非常好，母女俩经常用古琴和三味线一起合奏，或者是母亲弹三味线而女儿和乐跳舞。

夏天一到，天亮的早，光线勉强可以看清店里奥妙的时候，她们就会在里面的房间弹奏起来，走到转角时就能将乐声听得清清楚楚。以前不像现在，有那么多电车和汽车，顶多只有人力车，整个城市都很安静。奏乐一响起，"啊，阿矢又开始了"，转角就会站住好几个人，停下脚步仔细聆听。

这一带是立卖町，阿矢是立卖町里数一数二的美女。

那时候的街道真的很安静。在街上走着，经常能碰到表演木偶戏的艺人，而在街角处也有许多净琉璃表演，聚集了很多人。还有一些模仿表演，有人模仿当时名气很高的伊丹屋 [1] 与右团次 [2] 的唱法与舞蹈，人们都觉得模仿得很像。他原本就长了张艺人的脸，听我母亲说，原本他和市川团十郎 [3] 一样，都是新京精通歌舞伎表演的伙伴，后来不知什么

---

[1]　伊丹屋：歌舞伎的屋号。

[2]　右团次：市川右团次，歌舞伎的名号。

[3]　市川团十郎：歌舞伎的名号。

变故，竟沦落为街头艺人。

我在少女时期曾练习过民谣。现在民谣已经完全不盛行了，不过，当时只要谈到学才艺，首选的一定是民谣。

从四条通搬到堺町后，我就开始练习绘画了。那时每到夜幕降临的时候，都会有个六十几岁的老爷爷来传唱民谣。他唱得非常动听，以沙哑、成熟的嗓音，唱出顿挫缓急之感。他也许是受过大师指点，总之并非是谁都可以随便唱的曲子。

"啊，他来了。"每一想到此，我就会停下手头的绘画作业，跑到格子大门后面沉醉地听他歌唱。

那时候祇园的夜樱要比现在更美，我还记得每当樱花盛开的时候，总有一对母女在祇园铺一张竹席，女儿拉胡琴，母亲弹三味线配合伴奏。后面则坐着一位老婆婆。她们看起来很有气质，一定是大有来头的人家，不知怎么没落到这种地步了吧。

这样能撩拨人心弦的声音，在如今的圆山再也听不到了。那时候也没有现在这些吵人的收音机和留声机，父母与子女一起的街头表演总是十分动人。

夏天的河岸也别有一番风味。浅浅的水流在比现在更为宽广的河道中流动着。从四条通的拟宝珠桥上向下望去，清浅的水面上点亮了一整片雪洞灯，仔细一瞧，岸边的每张长凳旁都点亮了一盏雪洞灯，好几组客人坐在那边欣赏，显得热闹非凡。在桥的西边，有一家名叫"藤屋"的大餐馆，艺伎和服务生会沿着小桥，把做好的料理送到长凳边，作为旁观者瞧着他们往来穿梭的模样就好像在欣赏剪影画，这也成为一出别致的景观。

长凳附近到处都有人在钓鱼，还有皮影戏，也有魔术师，以及卖甜酒与红豆汤的店家，热热闹闹地把整个河岸都填满了。

桥下、西石垣通的河岸旁也有卖红豆汤和甜点的店家，就都把它们摆在长凳上。

祇园祭在以前的时候，更像是屏风祭。那时都是些带着浓烈京都气息的老屋，而不是像现在一样的包了铁皮的房子，所以一到了祭典的日子，大家就会取下门口的隔板，然后各家在连内部都看得清清楚楚的屋子里挂起竹帘，点亮雪洞灯，现在的电灯完全不能和雪洞灯那种优雅柔美的光线相媲美。

再来谈谈当时店里和街道上看到的女性，都还残留着德川时代的韵味，真是令人缅怀啊！

前不久，我在帝展展出的作品《母子》，画上描绘了我对往日的回忆，这也是藏在我内心深处久久不能忘怀的回忆，我觉得自己是有资格去描绘那个世界的。还有很多我想用画来呈现出来的事物，所以将来若是有机会，我想将那些珍贵的回忆逐一画下来。随着时代的发展，我想能为新时代留下一些值得纪念的作品。

近些年来的变化，已经很难单从发型、腰带与和服，来立刻分辨出已婚女子与未婚女子的身份。那时候已婚女子与未婚女子的着装打扮有着严格的规定，妇女一定要绑岛田髻，系黑色缎面腰带，饰绳打立结。即使是同样的已婚女子，也有明确的规定，比如新婚女子和已生育的女子之间，不管是发型、和服鹿子花纹的色彩还是发簪都有很大区别。

总的来说，京都的风格重视后颈发际的柔美，发际长，露出白皙的脖颈与乌黑秀发，这样就更能衬托女性的气质。不过即使是发际较短的人，有时也会给人一种华丽的感觉。

孩子五六岁大的时候，头发也都留长了，一定会先梳成茛盆髻，再加上一些鹿子花纹的装饰，就会显得特别活泼可爱。

等到头发长齐时，再梳成较低的银杏返髻或福髻。因为头发还不够浓密，盘出来的髻较小，这种也被称为"雀髻"。

地藏祭的时候，小女孩就绑着两三条辫子，唇上抹着玉虫色的口红，看上去也十分可爱。

年轻女性的发型有桃割髻、割葱髻、阿染髻、鸳鸯髻、鼓雀髻、横兵库髻、前割髻等，中年的已婚妇女多半是梳裂笄髻或井菱髻。

明治时期，京都艺伎所梳的高岛田也很性感，相当不错。

岛田髻和圆髻现在依然很受欢迎，尽管时代变迁，却不减当年热度，女儿的文金高岛田髻，搭配母亲的圆髻，展现的是既温婉优雅又恬静美好的传统风情。

织田作之助

只要有青春，就有光明

『青春』二字，蒙去上部，

剩下日月，日月为明。

只要有青春，就有光明。

但是在光明投射后的另一面，

每个人都会反观到自身的阴影。

织田作之助

1913—1947

与太宰治同属"无赖派"的领袖作家,"东太宰、西织田"的美誉是对他文学成就的最佳肯定。日本文坛至今仍设有"织田作之助文学赏",用以鼓励年轻作家的创作。他一生好吃,大阪的"夫妇善哉""自由轩"等都是因他而闻名的小店,他对大阪市井中平民生活的捕捉极其到位,他的笔下就是关于这些小人物的浮世绘,从《夫妇善哉》到《赛马》《世相》,都是他对自己家乡浓浓的喜爱。

大阪的忧郁

他把咖啡当成安眠药。
真是令人忧郁，
以这种方式被饮用的咖啡，
恐怕更忧郁吧。

一

又一次拿起笔来写大阪。不过，大阪确实是一个不知道该从哪里写起的地方。其实最近没什么比较愉快的话题可以用来当材料。即使是刚好碰上一个愉快的话题，却又有一些难以言喻的苦衷不能将其写下。

我虽然答应了报社要写关于"大阪黑市秘闻"之类的内容，却怎么也没有兴致提笔。

这一阵子写文章之前我总要先题一段类似的前言。读者读起来忧郁，我写下的时候也忧郁，我笔下的大阪想必更加忧郁。

我有一个朋友，他有一个十分麻烦的习惯，睡前必须（没有写错，不是如果）喝上一杯醇香的咖啡才能够睡得安稳。他把咖啡当成安眠药，真是令人忧郁。以这种方式被饮用的咖啡，恐怕更忧郁吧。

同样的，写大阪这件事就好像是永井荷风[1]与久保田万太郎[2]写他们深爱的东京，品味着洋溢大阪风情的香醇咖啡，回忆着已经失去的青春，有欢乐，也有着喜悦。我一直以来也都是这么做的。尽管还不到三十五岁的我没有多少人生阅历，写大阪我也是用只属于自己的独特方式，来回顾自己逝去的青春往事。不过我想不明白，为什么会有人请我来写回忆录呢？

---

[1]　永井荷风：日本小说家、散文家，生于东京。

[2]　久保田万太郎：日本俳句诗人。

身畔秋草花同语，

毁灭之物惹愁思。

我不能像若山牧水 [1] 之辈只沉溺于情感当中。我必须真实地写下已经失去香味的大阪。不对，更准确地来说是已经无法品味的大阪。被当成安眠药功效使用的咖啡是实用的咖啡，而近日的大阪也仅剩下实用的目的了。

大概有人会说大阪原就是实用的地方，其实不然。因为大阪以外的地方的实用性着实太低，风味与香气唯独大阪两者兼具。我这么说大阪的实用性比其他地方高其实出自我个人主观思考，或许有所偏颇，但至少我是相信，大阪的香气足够迷人，是值得细细品尝的咖啡。

谈起咖啡，就现在而言，大阪的闹区（如今已经成了黑市）跟银座差不多，不少咖啡厅能一如既往地端出香气扑鼻的摩卡与巴西咖啡。

不过我们在品尝这咖啡时还是先被吓了一跳。

"现在这个时局，怎么能喝到这种咖啡？这些咖啡原料

---

[1] 若山牧水：日本和歌诗人，前面引用的即为若山牧水的和歌。

他们到底是从哪弄来的呢？"

不过要是只因为能尝到咖啡而惊讶，那大概也没什么资格来谈论今天的大阪黑市吧。

在大阪的黑市中，一颗价值一百二十四日元的栗馒头[1]正被摆出来卖着。可能会有人以为是一颗十二日元，很便宜嘛，正欲掏钱买下时才反应过来是一颗一百二十四日元，立刻就被吓得魂飞魄散。如果会被这等小事给吓到不知所措，那么只要进入了大阪黑市，你大概就会以为穿越到另一个不同的时空了吧，毕竟这里一樽酒的要价就要一万日元。

波德莱尔[2]曾经说过："成为贵公子的第一条件是吓别人，自己却不为所动。"我觉得他话中的"条件"，大概是指不成为"狂人"的第一条件吧。

在黑市的所见所闻都令人惊叹。在我们还来不及处理惊讶的表情时，黑市已经在不断变换着自己的模样，就像一阵杂乱无章的快节奏打得你措手不及，如果你这时对每一件事

---

[1]　栗馒头：包着栗子馅的日式甜点。

[2]　波德莱尔：法国诗人。

情都感到惊讶，大概是无法安然撑到第二天的吧。换一种比较直白的说法，就是没有时间可以让你惊讶。

二

"什么都有，什么都卖。"

梅田、天六、鹤桥、难波、上六，是足以代表大阪的五大黑市，经常在这些黑市走动的人都会异口同声地说出这一句话。

仔细琢磨了一下这阵子的日本人，不管是张三还是李四，他们都会使用这个惯用句，而且有且只有这么一句。我不想沦为和他们一样的人，所以我总是不住地提醒着自己，不要使用这一句话。然而只要想写大阪黑市，那么无论如何你都会变成那个张三或者李四，不，更为形象的应该说是鹦鹉，只能屈服于这个惯用句。

"什么都有，什么都卖。"

因为这句话就能概括出大阪黑市的整个特色。

举例来说，这里有卖主食的，也有卖私烟的。无论何时，只要你有钱，走进黑市后即便是深夜也能吃到白米饭，买到香烟。东京人听了这件事应该会蹙着眉头，吓得说不出话来，或是暗暗羡慕吧。

警察当然会来取缔这些。警局曾在某月某日特地发表一篇声明，预告就要对贩卖主食与私烟的摊商进行打击，这样的声明发表了十几次，也曾经临时检查过。不过效果并不如预料中那么合心意，面包店与卖咖喱的摊贩仍然没有从街头消失。除此之外，梅田新道的两旁，几乎是并肩接踵地挤满了贩卖私烟的商贩。

大阪某份报纸在六月十九日刊登了以下的报道：

十九日上午九时，大阪曾根崎分局派出约五十名制服警察，前往梅田自由市场强制取缔烟商，现场场面一度混乱，因有人持木棒、砖头闹事，造成现场几名人员不同程度的受伤。伤者被即刻送往北区大同医院接受治疗。

（目击者）大和农产工业的津田先生（化名）目击了闹事现场，他看到该分局警察身负重伤仍奋力执勤：

在梅田新道靠近电车道的小巷子里，一名便衣警察正逮捕烟粉商人。这时，从小巷子里冲出几个人，将他围住，并用他们手上的木棍拼命地敲打着赤手空拳的警察，警察立刻被打倒在地，脸埋在水洼里。我刚开始还以为他死了，没想到几秒之后他恢复了意识，勇敢地往前冲。有个人双手拿砖头在一旁埋伏，他向警察连续扔了两块砖头。趁着警察没有防备，其他几人拿着木棍冲上去从背后猛打他的头，那名警察终于倒地不起了。

可是，同一份报纸在这起事件发生的两天后，又刊出以下的报道：

私烟摊贩对前几日的流血事件视若无睹，仍旁若无人地聚集在梅田新道的两旁，丝毫不惧这两日在那条小巷、街角上演的取缔行动，"Peace"和"Corona"[1]仍然畅销。他们仿佛在嘲笑曾根崎分局，今天仍然自得地在取缔网的正中央，大摇大摆地贩售香烟。一名黑市商人表示：警察和专卖局对自由市场的烟进行强制取缔也没用，这是专卖局自己从

---

[1] "Peace"和"Corona"：日本战后的香烟品牌。

仓库拿出来大量盗卖的。

如果是东京人看了这篇报道，相信应该会很震惊，不过我一点儿也没觉得惊讶。不只是我，其他的大阪人应该也不会惊讶吧。

即便是下面这件事也没能吓到我：

近日，大阪黑市流行"警戒预报"和"空袭警报"的说法。但这并不是战争时期的警报，而是商贩把"警报"当成警察取缔的暗号来使用。就算是再机密的突击检查，事前一定也会走漏消息。这个叫作"警戒预报"。即将执行取缔的当天，则发布"空袭警报"。

前面有提及的六月十九日的取缔，除了曾根崎分局之外，大阪全区同时取缔，次日再次扫荡，梅田都曾发布"警报"。不过，再怎么提醒也总有来不及逃跑的摊商，没收的香烟两天竟累计高达十五万支。

从来不及跑的家伙手中缴获的就有十五万支，那么整个大阪黑市究竟有多少盗卖的香烟呢？（这也是一个讨厌的惯用句）这完全不敢想象。

有人讽刺说："因为专卖局要囤积遭窃用的'光'和'金鸥'[1]，所以这阵子才只配给碎烟。"

另一个人挖苦说："为了要弥补专卖局屡次遭窃的亏损，香烟要在七月一日涨价。"

窃案非常多，诚如私烟贩所言，盗卖猖獗。就像每个人都可以买到报纸一样，在大阪的黑市里每个人都可以轻易地买到香烟。这就是大阪。

神奇的是，私烟的定价在五大黑市竟然完全一致，好像受到了严格管控，而且每天的卖价都不会重复，也就是所谓的浮动行情。听说每天早上由同一个人（也就是老大）决定行情，他的指令会被立刻传到五大黑市，以确保当天的行情一致。虽然这是我听来的消息，但如果这件事是真的，那么那唯独一人的统治力却在国家政府之上，这种感觉岂不痛快！

---

[1]　"光"和"金鸥"：香烟品牌。

三

目前我在京都撰写这篇稿子，但与被烧毁的大阪相比较，京都躲过了战火，看起来依旧美得耀眼，但也美得可悲。

京都原本就是个美丽的城市。可是只要一想到这是唯一躲过了战火的城市，再看到大阪这个被烧损惨重的城市，京都就会显得更美了，大阪在这份美丽的衬托下显得更加肮脏不堪，像个骗局一般。

大阪很脏已经不是什么新闻了，就更别提大阪的黑市有多脏了。黑市已经脏得让人连清理的欲望都没有。只剩下中之岛一带及御堂筋还残留着点往日大阪的风采，其他的地方就像是厨房的抹布，又旧又脏还有点麻烦。

没有什么比解释"麻烦"这个词更麻烦的事了。复杂、奇怪、微妙、困难、暧昧……好像都有点答非所问，这个词本身就很麻烦。

"那家银行最近很麻烦。"

"那两个人的关系很麻烦。"

"那条路很麻烦。"

"玉井是个麻烦的地方。"

"好麻烦的戏啊。"

每一个麻烦的意思都不太一样，而且也不能用其他词语来解释。

但是，如果要说明大阪的近况的话，大阪确实很"麻烦"。

进入梅田的黑市后我会觉得非常不安，去了几次依旧觉得自己仿佛在迷宫中走着，完全无法预知眼前的路会通往何方。

在大阪，通往哪家店该走哪条巷子，哪家店的隔壁又是什么店，至少闹区那一块我摸得清清楚楚。走在大阪街头，我从来都不担心迷路这个问题。然而，我一到梅田那边的黑市就变成了乡下来的土包子。我像是一个不认路的旅行者一样，四处徘徊只想尽快回到车站。我在这儿一个熟人也不认识。

即便碰上了熟人，他也和其他的旅行者差不多，不知道该往哪里去。

换句话说，这儿已经不再是我所熟识的大阪了。我仿佛被大阪给抛弃了。她就像是一个收到休书被赶出家门的妻子，不知道因为什么际遇而成了矿工或建筑师的小妾。遇到她的时候，她有点耀武扬威的意思，更多的是冷淡无情地把头扭到一旁，你的死活完全与她扯不上半点关系。但是脸上抹的粉再多，一认出鼻子边的小黑痣，你就会知道她就是你的前妻。

举个例子，前一阵子，我一直在想大阪为什么会变成现在这个样子。我一边不太高兴地想着，一边迷路在夜晚的黑市中，这时我突然瞧见，在一个背光的角落有人在卖萤火虫，两只五日元，这个生意论寒酸程度大概在黑市里只比擦鞋匠次一些。不过此时，夜里的宁静悄悄来到了黑暗中闪烁着的微弱光晕前，那一刹那，我觉得在如此肮脏、麻烦的黑市中，这一刻远离喧嚣的宁静，才是这里唯一的美好……我回忆起那些好像已经被人遗忘在角落的美好，在过去大阪夏日闹区的一角，或者说是夜市的边缘，就像缘分牵扯着和前妻重逢……我觉得这更像是逝世的前妻在梦中与我相会了，真是既伤感又怀念。

四

看了黑市中贩卖的萤火虫，一种美好的感伤油然而生。但是仔细想想，这样的感伤是会被唾弃的吧。这类型的感伤和文章，在打仗的时候泛滥成灾，这些文章往往都打着"莫要忘记闲适的精神食粮"的名义，像是"工厂盛开的花朵""在战火遗迹卖花的少女"等，都是那些美谈佳话制造家的做法。

萤火虫虽蕴含着风雅的情趣，但是我们不该将这风雅的情趣作为散文的材料。这不是大男人该写的文章。干脆把萤火虫放生吧，途过祇园、先斗町[1]，流经木屋町的高濑川，再在高台寺的树木之间，宛若一颗颗灿然的流星，又仿佛有灵魂般，悠然地出现，又突然湮没在黑暗当中。写那不受约束飞行的萤火，悠然闪现的绿芒，这可比一只要价五日元的

---

[1] 先斗町：位于京都中京区的花街。

萤火虫好多了。至少是美的。

京都的美就是如此。京都原是大阪的小妾，和那饱经灾难、残破、肮脏的丈夫分手之后，反而变得更加美丽精致了，仿若是从枯死的树枝上重新焕发出勃勃的生机。京都原本像是老旧纸拉门上的一个破洞，现在给它换上了新纸。前夫大阪去京都找来了原本自由飞翔的萤火虫，并以两只五日元的价格将其出售。着实悲惨。

不过话是这么说，大阪也不是徒有虚名。听说京都最繁华的四条通、河原町通的商店，战后重建的资金全都来自大阪商人。

最近听说还有大阪商人买下四条通、河原町附近的土地，成交价是五百万新元[1]。

即使被烧毁了，大阪也还是那个大阪。以这样的想法再来看一看大阪，我再次感受到走在大阪闹区、大阪黑市与走在京都闹市时的那种微妙差别。从京都到大阪，再走进黑市的这个过程，可以感受到一股强烈的压迫感慢慢地向自己

---

[1] 新元：战后物资不足与通货膨胀，于 1946 年换发的新货币。

逼迫而来，我甚至觉得自己被挤压在这股压迫感当中无法动弹。没有经过战火洗礼的京都却没有这种感觉，或许京都又一次成了大阪的小妾。

东京黑市的商人吆喝声强而有力，但是和大阪各地的黑市比起来还是少了点魄力。

大阪的黑市虽然分散在各处，但是像竹陀螺一样，只要卷上绳子抛掷出去，就会发出强而有力的轰鸣声。

这股力量重新唤起了千日前、心斋桥、道顿堀、新世界[1]的活力。不过这都在我的意料之中。原来这些闹区已经重新建起来了。他们竟然能靠自己的力量填平那些洼地，重建到这种地步，如果是交给政府或国家来处理，大概连一个组合屋都盖不起来吧。道顿堀的法善寺——被称为"食伤[2]横丁"的地方，在这个已经被烧毁的遗迹之上，二鹤与其他昔日有名的料理店又重新焕发活力。千日前的歌舞伎座横

---

[1]　千日前、心斋桥、道顿堀、新世界：皆为大阪地名。

[2]　食伤：指一直吃同样的食物，感到厌腻。

丁——中村雁治郎[1]曾经去表演的地方，路上总会经过这条小巷子，也称为"雁治郎横丁"。这里的组合屋甚至比以前的屋子还多，整排都是餐厅，符合食伤小巷的名号。这些相关的话题总令人回想起之前的一些事，不过我是不是能够若无其事地夸口说："大阪吗？千日前、心斋桥、道顿堀、新世界，就连法善寺横丁跟雁治郎横丁，这些全都重建了。大阪真厉害啊！"

有一天，我在阿倍野桥的黑市餐厅中，目睹了一位瘦小青年用餐时的情景。

他先是叫了份咖喱饭，又吃了炸虾饭。吃完后又点了份蛋包饭。蛋包饭很快就被吃光了，喝了一些水后，叫来服务生再次点了咖喱饭。十分钟后，他又大口吃起了握寿司。

我对他旺盛的食欲感到十分钦佩，也对这样充满活力的吃法产生了一点敬畏之心。

"这家伙跟大阪简直一模一样啊！"

然而在我了解情况后才得知，原来青年患有一种类似

---

[1]　中村雁治郎：歌舞伎演员，这里指的是第二代。

"饥饿恐慌症"的病症，不管他吃了多少食物都无法体会到
饱腹感，只会一直感到饥饿，因此他只能通过不停地吃东西
来填补自己的饥饿感。这下我明白了，原来充满活力的不是
食欲，而是饥饿感。

　　我是很容易被事情表面所蒙蔽的人，这一刻我才突然想
到，大阪这股强而有力的新生力量，是否也和这名青年的饥
饿恐慌症类似呢？

　　即使千日前、心斋桥、道顿堀、新世界、法善寺横丁与
雁治郎横丁已经重建，重建得越完整，是不是就越和那位青
年的瘦弱模样一样引人注目呢。

　　细想一下，在大阪黑市里贩卖的烟草和饭食，或者应该
说是不得不卖的那些东西，与其说是大阪充满活力，还不如
说是垂死前的拼命挣扎吧。

和辻哲郎

彼岸的时光

沉静而富有激情，
好战而趋于恬淡。
在沉静中会迸发出激情，
在勇于战斗中会达到一种谛观的境界。
犹如樱花一般开得突然而热烈，
落得悄然而彻底。

和辻哲郎

1889—1960

日本近代唯心主义哲学家、伦理学家，力图把东方道德精神同西方伦理思想结合起来的现代日本杰出思想家的代表。38 岁时前往德国留学，归国后先后任东洋大学、京都帝国大学和东京帝国大学的教授；66 岁时，荣获日本文化勋章。1989 年，在和辻哲郎诞辰百年的时候，为纪念他，姬路市设立了"和辻哲郎文化奖"。

京都四季

如果单就色彩搭配而言，
这枯淡的白色与绿色也许就是天作之合。

在京都住了近十年后，我再次搬到了东京居住。刚好是在六月，树木叶子还很茂盛的时候，东京的绿着实不是我所喜欢的，绿得有些脏，几乎让人不能忍受。本乡大学[1]前的那条路，虽然只有一条道，但是当时的大学围墙里还是立着一排高大的樟树，看上去十分壮丽。不过就算是这样壮丽的景致，那阴沉的绿色调也让人感觉十分不适。我沿着大学的池边慢慢走着，甚至认真地思考了一下，是不是因为年纪的

[1] 本乡大学：此处指的应为东京大学。

问题，眼睛开始发生什么生理上的变化，因此还不免有些担心。

以前偶尔从京都过来东京，也隐约发现绿色色调的不同。只不过那时只是过来个三五天，也没有太在意周围的树木，也不会像现在这般痛苦。直到搬完家、定居了一段时间后，每天一点一点地累积，使这感觉越来越强烈。所谓的acceleration[1]现象大概就是如此吧。最后终究会演变成一种我再也无法忍受的情绪。这一点我都觉得出乎意料。在移居京都之前，我也在东京生活了二十年左右，但从来没有过这样的心情。

等我察觉到这件事之后，我发现不仅是绿色的色调令我感到无比厌恶。入秋之后，树叶纷纷换上了新的色彩。但是我觉得黄色、褐色与红色都不是很鲜艳，看上去也是有点脏脏的，这样丑陋的颜色我怎么也没办法欺骗自己说漂亮。那是种看起来就是浑浊的，一点都不清爽，像是生病了一样的颜色。一点也感受不到秋高气爽、干净澄澈的秋季气息。除此之外，常青树的绿色感觉比落叶树还要阴沉几分，我甚至

---

[1]　acceleration：加速度。

都不想称其为绿色。令人更加大吃一惊的是，叶子落光后的落叶树，树干也枯燥无力，树皮看上去很是浑浊，还泛着微微的黑色。树枝也是僵硬地伸展着自己，虽然偶尔积了雪，但是看起来依然死板无趣。东京的树木可以说是百无一用，什么"森林之都"，都是吹嘘的谎言。

这样不愉快的情绪开始逐渐攀升，但是这并不是东京的错，我才是应该闭嘴的那一个。我甚至开始为此烦恼，想着这下糟了，还好东京的春天拯救了我。我怀抱着对冬季视而不见的态度熬了过去，不久之后，护城河河边的柳树开始发芽，远远望去美不胜收。东京的新绿是如此美丽。其他的树木也次第开始抽出新芽，展现出不同的新绿色调。行道树的榉树，新发的绿色就好像让这棵树笼罩上了一圈淡淡的绿烟，看上去十分美好。正当我这样想的时候，acceleration 停了。东京的新绿再美也比不过京都的新绿美，不过在东京这里也是相当美了。随着新绿的绿色不断加深，这颜色逐渐转化为带着点墨黑的阴沉色调。这是由火山灰构成的武藏野[1]

---

[1]　武藏野：位于东京多摩市。

的地方色彩，我也只能大叹无可奈何。这些树不好看，我觉得可能是因为这些树长得太快了。和京都的树木一比较，东京的树木感觉上就是粗制滥造了点。我只好这样安慰自己，粗制滥造也有粗制滥造的美吧。

因为这样的一段体验，我到现在才真的回想起京都树木的那份美好。

据大槻正男 [1] 的说法，京都的水土非常适合植物生长。就连不懂的菜鸟也知道，京都的水源丰富，还有风化花岗岩形成的含沙土壤。不过湿度和土壤以及植物之间的关系十分复杂，外行人毕竟还是无法厘清的，所了解到的只是其中很小的一部分。

只要一提到京都的湿度，我立刻就想起桧叶金发藓 [2]。在京都四处寻访庭院的人一定知道它是什么样子的，京都的桧叶金发藓和纤枝短月藓都长得特别好，尤其是桧叶金发藓长势相当不错。当桧叶金发藓长成一整片时，就像是地面上

---

[1]　大槻正男：日本农业经济学家。

[2]　桧叶金发藓：一种苔藓类植物。

铺了一张绿色的地毯，看上去十分赏心悦目。桂离宫[1]玄关前的那一片就最具代表性，还有大德寺[2]真珠庵的方丈庭那一片。自二十七八年前，嵯峨临川寺[3]本堂前方就是一片苔藓。一年四季桧叶金发藓都能维持着鲜艳的绿色调，看上去饱满轻柔。它的表面是自然长成，本身就有微妙的高低起伏，不像是草坪修剪过后形成的死板的平面，而是自然地带有一种难以言喻的美。桧叶金发藓只要满足条件任其生长，在这样的庭院就可以自然成形。临川寺的庭院只是运来长着桧叶金发藓的土壤，把它当成种土铺满了整座院子。结果因为那里正好具备适合生长的条件，桧叶金发藓就在院子的各个角落长起来。桧叶金发藓有一定的水土要求，太潮湿的地方长不好，太干燥的地方也不成。京都之所以具备适合的条件，我认为是因为京都的湿度最为适合。

很长一段时间以来，我都以为东京是没有桧叶金发藓的。因为在东京相当有名的庭院都看不到半点桧叶金发藓的

---

[1] 桂离宫：位于京都西京区的皇家别墅。

[2] 大德寺：位于京都北区的佛寺。

[3] 临川寺：位于京都右京区的佛寺。

影子。我从京都搬回来几年后住到了东京西北方的郊外，这个时候才知道原来东京到处都有桧叶金发藓的踪迹。我在农家防风林日荫处的旱田边时常就能看见，曾经也在散步时顺道采一些回来种在院子里，却在不知不觉中消失了。我很清楚养桧叶金发藓非常不容易，后来也就没有再次尝试。不过在五六年前，有一个年份雨水十分充沛，中庭长出一小片桧叶金发藓的嫩芽。到了秋季，跟京都桧叶金发藓的庭院一样，在差不多三平方米大小的范围里长得饱满可爱。我心想这次成功了，也带着点小期待：小心照料也许可以长满整个院子。但是还不到冬天结霜的时候，桧叶金发藓就早已经消失得无影无踪。第二年也长出了一些，却没有前一年那么茂密了。在雨水少的年份里，甚至一点儿也不长。去年也长了一些，但还是今年长得比较多点。桧叶金发藓在院子各个角落探出小小的脑袋，加起来差不多是一两平方米左右。不少的新芽在麦冬时节冒了出来，不过，在入冬前大概就又会全部消失吧。于是，我也终于具体感受到京都和东京水土之间的巨大差异。

　　虽然这里举的是桧叶金发藓的例子，不过就连桧叶金发藓都有这么明显的差异，其他的植物肯定也是不分伯仲的，也许这就是树叶颜色不同的原因吧。东山及岚山围绕着的树木种类繁多，这些树木只有找到适合自己的湿度，才能将树木本身最美丽的颜色呈现给世人。听闻有个欧洲画家见了新绿时节的岚山，甚是惊奇于这样富有变化的绿色。京都之所以给人印象如此深刻，除了京都的树木繁多，更多的我觉得是树木在京都比在其他地方更能展现出自己原本的风采吧。据说锥栗树原本来自武藏野的原始森林，不过在五月时的东山，锥栗抽出的金黄色新芽看上去有一种慵懒的贵气，我觉得这才能被称为锥栗本色。

另外一个不可忽视的因素我觉得是和湿度息息相关的土壤，它在树木的生长过程中扮演的是必不可少的重要角色。我认为树木之所以展现出不同的姿态，就是从这里开始的。武藏野的土壤与岩石风化形成的土壤完全是风马牛不相及。不管是挖到多么深的地方，土壤还是那么松软，一点小石子都没有，也没有任何阻碍植物扎根的东西。也许就是因为这样不受阻碍的缘故，这里的树木长势汹汹，呈现一种野性、狂放的姿态。杜鹃是我觉得最具代表性的一种。在京都这地方，两三米高的杜鹃基本无处可寻。松树也是一样，树干也是明显有所区分，就连樱花都像是不同的品种。枫树的成长速度也是完全不一样的。树有多少，这样的差别就有多少。京都则不同，在东山稍微往下一挖就能触到岩石。在这样不厚的土壤上，却也长出了茁壮又高大的树木。这些树木的根，可以说所处环境的不同，先天的条件也是不一样的，可能要花费两到三倍的时间才能使它们都成长到同一个高度。不过这些时间没有白费。成长迅速的树木，给人的是一种粗制滥造的感觉，根基也不够结实，除此之外，老化的速度也比一般的树木要快很多。与之相反的，比它们多花两三倍的速度去成长到同一个高度的树木，不仅根基扎实，而且相当经活。无数的树木形成无数的景观，理所当然的，这些景观又构成了截然不同的格局。

　　我曾经住在东山脚下，充分领略了京都树木之美。

　　京都在新绿时节总给人一种十分匆忙的感觉。在排水渠旁边的柳树刚刚抽出新芽，各种树木也都耐不住开始萌芽了。萌芽的时间有先有后，色彩的变化也慢慢出现。我并不清楚每一种树木的名字，总之种类非常的多。差不多在四月中旬，枫树就处在萌芽期，仅仅是若王子[1]池畔的几十棵枫树，就有三四个发芽的时间，也可以分辨出三四种不同的新芽色彩。若王子神社的伊藤快彦[2]曾经说过，这里聚集了实际中不一样的枫树。每天枫树的新芽都会变色，一直持续到四月底五月初，才长成相同的浅绿色叶片，丰盈而且饱满。那段时间的美景，实在无法用语言形容。如果恰好是晴朗的满月夜，就可以幸运地见到刚抽出新绿的枫树在月光之下闪闪发亮，光影和色彩微妙交错形成了无与伦比的美景。

仅仅是枫树就形成了这等美景，而枫树在东山的落叶树中只是占据了极小的一部分。树木刚抽出新芽的时候，东山的常青树之间点缀着落叶树，酿造着孟春[3]的绿色佳酿，叶片大大小小，都好像约好了似的，在五月上旬就全都完成了新芽到嫩叶的生长和颜色的过渡。落叶树之后便是常青树了，其嫩芽就这样迫不及待地扑进了眼睛里。大概是锥栗树与青冈栎的新芽。前面也有提及，这阵子正好能看到东山的

[1] 若王子：京都地名。
[2] 伊藤快彦：生于若王子的画家。
[3] 孟春：农历一月。

半山腰上锥栗金黄色的新芽柔软地隆起，遍布四周。不久之后，新芽逐渐展开身子，蜕化为常绿阔叶树厚重的、泛着光泽的新绿叶片，落叶树的嫩叶被染成深绿色，色彩不再变化。到了五月的梅雨时节。这时，栗子花与锥栗花闪耀在一片金黄之中，引人注目。

松树的绿意逐渐映入人的眼帘，也差不多是在这个时期开始的。才看到新芽前端的花朵，溢出黄色的花粉，不久，新芽就长成了新的针叶，与旧叶重叠在一起，散发松树的新绿气息。我不禁想，土佐绘[1]画家画的大概就是这幅景象吧。在东京见到的新绿之松，不一定会给人这样的印象。在东山等地，就属松树最多，全都是这种形态。不管是落叶树的绿色，还是常绿阔叶树的绿色，这时都已稳定下来，失去新绿的鲜艳色彩，因此松树的新绿给人鲜嫩欲滴的印象。

待松树的新绿告一段落，大约是即将土用[2]的七月初，再过一两周，新绿也会转为沉稳的色彩。自柳树发芽以来，

---

[1]　土佐绘：土佐派绘画，画风细腻，主题大多为日本传统文物。

[2]　土用：立秋前约半个月的一段时间。

东山的绿色在这三四个月间渐次移转，直到此时暂时静止。差不多是祇园祭的时候，旧时京都市民在祭典的当周与前后，会停止各自的生产活动，大约持续半个月之久。

然而，这段静止状态只持续了三周左右，不到一个月的时间。到了土用的尾声，东山半山腰一带的落叶树群将会逐渐变色。虽然只是轻微变色，由绿色逐渐转浅。这时，色彩又开始变化。八月至九月中旬，直到秋季彼岸 [1]，速度极为缓慢，颜色越来越鲜亮；彼岸过后，整个绿色调已经泛着些许秋意。

十月之后，黄色越来越明显。速度与新绿时期一样，随树种而异，颜色与新芽呈现显著的变化。在绿色褪去，黄色胜出的时期，树木的黄色调也会随着种类有所不同。到了十月中，即可清楚感到色调的差异。栎树的大型叶片是纯粹又美丽的黄色。野漆树那种鲜红色叶片的树，叶片的色彩又分成各种不同的色阶与种类。色彩变化不仅出现在大树之上，低矮处的树丛也能看到这些变化。

---

[1] 彼岸：以春分或秋分为中日，前后为期一周的期间为彼岸，日本人通常于这段时间扫墓。

　　我在东山若王子神社后方定居时，是九月上旬，过了一个月，总算安定下来，周遭也开始出现变化。一打开书房窗户，勾人心魂的黄叶旋即映入眼帘。才走出大门，之前不曾注意的各种树木，逐渐转为美丽的红叶。每一天都在改变。到了十月下旬，四周极为绚丽，震撼人心，人在书房也静不下心来。当时，我甚至有几分慌乱，心想自己真是搬到了一个不得了的地方。

　　枫叶，是里头最具代表性的红叶树。在我家门口的池边上，就栽着数十棵枫树。枫树的品种很多，前面也有提到发芽的时候和新芽的颜色都是不一样的，到了叶子红了的季节，这个差别就更加明显了。有一些是大红色，有一些红只是淡淡的一抹，颜色比较接近黄色。新芽偏红的树，到了叶子红了的时候颜色也是十分鲜艳的，分外醒目，当然也有截然相反的情况。有几年树的色彩差异十分明显，有的树叶早已经化为红色甚至是凋落，有的树转红的时间比较晚，还留有半数的树叶是绿色的。那些年的红色不够鲜亮，有的时候是气候的原因，大约是三年就会有一次。树叶红得晚的树比较少，基本上是所有的树木都同时转红。约莫是十一月三日前后，红叶的繁盛景象在那四五天里都能随时看到。太阳开始西沉的时候，晚霞柔和的红色霞光打在了红色枫树叶上，那种情景不知道该称其为华丽还是庄严，看起来十分壮观。然而我在那段时间一直无法预测当年的红叶究竟长得如何，自然也就没办法邀请东京的客人前来观赏。老一辈的人总说如果夏季干旱，那么那年秋季的红叶就会十分美丽，我却认为这种说辞缺乏依据。因为除了气候会对枫树产生影响外，那年霜降的情况也是要列入考虑的。总而言之，想要看到美丽的红叶，不需要到高山或高原，只要在大都会就可以见到了。

大约是在十一月月底时，红叶就会全部凋落。几十棵枫树的下面积了一两寸深的落叶，清扫这些落叶可不是一件容易的事情。古时候焚烧枫树落叶来温酒是一件相当风雅的事。我思考着用这落叶来烧水泡澡也应该是一件美事，于是就用大只的背篓装了好几篓落叶来烧。家里用的是长州澡盆[1]，占地面积很大，把枫叶塞进去生火之后，浓烟就像爆

---

[1]　长州澡盆：将圆筒状的铸铁浴盆嵌在耐热砖头里固定的澡盆。

炸了般从生火口蹿了出来，火力却并不是很大。我耐心地将堆成一座小山的枫树叶塞进生火口，相当长一段时间后才烧出勉强可以用来浸泡的热水。热水自然和平时我用柴火烧成的热水没有什么不同，但是经过我的努力烧出来的灰那是相当出色。枫叶烧成的灰质地清爽不黏腻，看上去十分纯粹，算是灰里面一等好的。

红树叶的热闹过后，十二月起到萌芽的三月底之间，是环绕京都四周的群山的休止期。看过了群山色彩从刚萌发的新绿源源不断地变换直至变为红叶，这时的宁静显得平和而且令人轻松自在。绿叶的主要提供者是松树，补充的一般是锥栗和青冈栎这些冬夏常青树，这是非常好看的那种绿色，看上去很沉稳庄重。有骨架差不多的泛白的落叶树树干和树枝，衬托着常青树的绿色，显得这绿色相当好看。如果单就色彩搭配而言，这枯淡的白色与绿色也许就是天作之合。

这一点令我很是惊奇。我在东京时，几乎没有在冬季看到过树木。偶尔看到了也只会觉得十分厌恶，一直盼着能早些入春、发芽。然而在京都时全然没有这种感觉，这些树形都是韵味十足，令人不由得回想起古时祖先的各种娱乐。

其中，雪景的分量是极重的。清晨，拉开窗户一瞧，轻柔的雪花覆盖了整座山，已经积了一两寸厚。松树林就好像是土佐派的画，树枝上覆盖着白雪，一点点绿色从白雪下探出头来。枫树光秃秃的枝丫上，就连最细小的那根都积了一寸厚的雪，好像是枫树上盛开了一朵朵雪花。还有扁柏、杉树、锥栗与青冈栎，积雪的方式大同小异却又相映成趣。第一次见到这雪景时，我就明白为什么古代的画家会偏爱画雪景的原因了。四季的风景中，这一片雪景也许就是最美的景色吧。

令人惋惜的是，小树枝上的积雪很容易就坍塌下来，一阵微风，或者是短暂的阳光都会使积雪立刻消融，因此这样的美景最多只能持续到上午的十点。当树枝上的白雪消融散落，这美景也就戛然而止。我想邀请城里的人来看一看这美景，却总是不能得偿所愿。

立春稍早的时候，大概是二月初，池塘里的鲤鱼开始摆动美丽的尾巴，小鸟也开始频繁地来院子做客，生机勃勃地与雪景交织在一起。这样的季节，与红叶及新绿相距最遥远，是一种低调的美。古时候的人，也正好从这个时间开始，庆祝新一年的到来。

宫本百合子

花开如火，也如寂寞

「爱」这个词的发现，
算是人类的一大飞跃。
这是因为人类以外的生物，
即使能因爱的感觉而行动，
也无法拥有爱这个词的
表象下所凝聚的爱的观念。

宫本百合子

1899—1951

日本无产阶级文学最具代表的作家之一，战后民主主义文学的旗手。18 岁时，她发表了自己的第一篇小说《贫穷的人们》，受到了文学泰斗坪内逍遥的高度赞赏；31 岁时，她加入了日本无产阶级作家联盟，参加各种政治活动；战争结束后，她四处奔走，积极开展民主主义文学运动和文艺评论启蒙运动，并创作了大量小说。她的主要作品有《伸子》《路标》《播州平野》等，对于五六十年代的中国知识人来说，她是最有声望的日本作家。

京都人的生活

京都人，

无分男女，

都是追求现实的人。

城市有着各种特色，我觉得很有意思。在完全不了解京都、偶尔来一次、不是很熟悉京都的人看来，感觉和当地人完全不同。京都人日常生活的细腻、京都景致的漂亮，就连向来豪迈朴实的关东人，也都全然赞赏，承认其价值。一点也不错。但是，京都人真的都是充满情趣的风流雅士吗？我看那可就不一定了。有趣的是，京都本地的女性会挑选颜色漂亮的和服并且能把家里打点得井井有条，认真追寻其背后的精神时，她们好像就只是自然地遵循着传统的力量而已。搭电车的时候，一下子就发现了和东京不一样的地方。这里的女性都一本正经，看上去很是客套，不像东京的女性一样仿佛一整天都精力充沛。在出门的时候，一定要换上符合时节的服装，否则就好像是件很丢脸的事情。这样的事情，东京的女性似乎不会考虑。京都的女性外表虽然看起来文静贤淑、大方得体，内心却要不断烦恼这些琐碎的事情，精神异常紧绷。

女性好像是被调养成全能的经济大师，爱干净、擅长做家务，于是在别的人眼中，与之共同生活的男性很幸福，但是其实不管你往哪边看，母亲、妻子、姐妹全都是同一个类型的人，温柔端庄，看久了也就自然会腻烦，所以京都的男人都喜欢玩乐。

他们玩乐的地方往往都是既传统又恰到好处的，越是恰到好处的地方，京都男子的玩心也就越大。如果要追究其行为背后的心理因素，很大一部分都是因为家里的女性都太过适合家庭了，换一种说法，就像是一个几乎全能的管家。另一个主要原因是，京都的生活节奏相对来说比较缓慢，他们还有多余的精力和时间……情感强烈的现代人，在工整的自然环境当中闲适、安静，在一眼可以望穿的市镇中过着无聊至极、循规蹈矩的生活，这样的人应该会分外渴望能够带给他们刺激、迸发热情的事情。因为带着超越日常生活的心理，他们鉴赏古都之宝的活跃的艺术精力似乎都早已消失殆尽。京都人，无分男女，都是追求现实的人。

高台寺

摇曳的水面映着青叶的影子，
再配上桃龙衣袖下摆的色彩，
这一刻仿佛看到了初夏。

买了张三等的门票，坐在平土间[1]的
最前排。因为是最后一天，所以就连他们
后方的栈敷[2]都人头攒动。前面距离不到
一间的地方，就是高耸的舞台。

不久之后，会场开始播放音乐，简
短的引言结束了之后，乐队高声说：
"都舞。"

---

[1] 平土间：歌舞伎剧场里舞台正面隔成的方形池
　　座，最早的剧场没有屋顶，下雨时平土间会浸
　　水，是比较便宜的座位。
[2] 栈敷：在平土间左右，较高的位置。

在幕帘的后方，传来许多人此起彼伏却又特别振奋人心的吆喝声："即将开始。"

同一个时间，从左右花道各走出一队拿着鼓、太鼓、笛子、铜锣的舞娘，她们翻转着振袖，陆续进入场中。刚想看另一边的花道，这边的也走过来了。华丽的粉红色像走马灯一样让人应接不暇，女性化的兴奋和热热闹闹的表演，瞬间让场内热闹起来。

舞娘排成一排在舞台上站定，接下来就开始做一些单纯的舞蹈动作，或是举起手中的樱花枝，一会儿往左扬，或者是转着圈。本来以为刚才从花道出来的就是她了，热切地望着她的脸，这才发现自己认错了。从左边数起的第五位舞娘，一边跳着舞一边频频地看向这边，再仔细一看，可以确定她就是桃龙了。淘气的她正经八百地将樱花枝高高举起又放下，不知不觉中，他们都开始笑了起来。桃龙在舞台上一边转着圈一边拍手，还时不时朝台下俏皮地吐吐舌头。在舞台右方跳舞的里荣，看起来像是极力想装作不认识她们一样，乖巧地跳着舞。

白天里荣曾说："今天轮到我出场表演，请一定要来看哦。"

在场的桃龙也说："约好了哦，一定要看左边的花道哦。"

只剩桃龙一个人的时候也反复叮嘱："要坐在靠近左边花道的位置哦，可千万不要坐错位置了。"

我当时并没有把这句话记到心上，现在看来，桃龙是想让他们坐到最容易看到自己的位置。在跳舞跳到关键的时候，舞娘们偶尔也会交换位置，不过里荣一直就待在宽大舞台的另一侧，而桃龙则一直是领舞的位置。仿佛人偶一样的妆容底下，只要仔细一瞧，就能凭她那大鼻子和看似有些任性的嘴角将她从舞娘中辨认出来。虽然他们比较喜欢乖巧的里荣，但是因为座位的原因，桃龙自然就比较抢眼了。从这样的小事中就可以看出两人的差异，真是十分有趣。

"真是聪明的女孩。"

章子看着桃龙苦笑道。

他们的正后方坐着两个带着饭店的服务员来参观的京都

大学的学生。他们穿着制服，盘腿坐在椅子上，帽子则被斜搭在腿上，看起来十分开心。他们跟着乐队的演奏合唱，看起来对这首曲子十分熟稔。

"你看，就是那个。"

"是啊……我要被她迷得神志不清了。"

一个叫一菊的舞伎，看上去应该是一边跳舞一边给学生打暗语，她扬起一边的嘴角，忍着笑意地露出舞伎的经典模样。

表演完毕后，我跟着鱼贯而出的人群走了出来，买完东西后经过花见小路[1]，此刻夜间的小路寂然地被热闹过后的冷清填充着。路边装饰着纸糊的巨大樱花树，雪洞灯的灯光从下方映照上去，盛开的花朵被照得如梦似幻。

一辆人力车从大马路疾速地拐进了小巷里头。一名年轻女子拉开车篷，斜靠在座位上，露出微笑着的白皙脸庞。仔细一瞧，一位穿着和服裤裙的年轻男子在车后方紧追不舍，一同与人力车奔跑着。几米后，还有一群学生大声喊着：

[1] 花见小路：贯穿祇园中心的大道。

"一菊万岁！一菊万岁！"

他们追着车子过来。人力车摇摇晃晃地前行，随着人力车一起奔跑的男士们宽幅的木屐打在脚后跟的声音回响在夜间，听起来既刺耳又显得寂寞。

等这样野蛮的声音息止之后，在美丽的夜色之下，只在都舞这段时间才点亮的红色灯笼则显得更孤寂清冷了。

月明星稀，踱步缓行，突然觉得肩膀有些沉重，这是一个有些寒冷的夜晚。他们归来之后，纷纷将手放在火盆上。

"如何？"

老板娘走了进来，手中托着泡茶的工具。

"看得清楚吗？"

"我还以为认错人了，真难分辨。"

章子用京都腔笑着回答。

"打扮成那样，哪有那么容易看清楚是谁呢？"

"这么说也是啊，完全分辨不出，但是男性的话，总是全神贯注地瞧个不停，这也算是另外一种乐趣吧。"

粟羊羹装在深碗里。小米夺目的黄色和深红釉药的中式小碗交相辉映，十分好看，映衬得这浅色系的餐桌看上去更加完美。老板娘是一个对茶道颇有研究的人，还能出入西川一草亭[1]的住处。从小间[2]里壁龛挂着的青枫横式挂轴以及所使用的茶具就可以看出她的品味相当不错。

"……这个真好喝，哪里来的？"

"这可是河村家的招牌。"

老板娘和章子谈起了东京的事情，弘子看着老板娘那张硕大而且无趣的龅牙脸，突然觉得有些幽默。她把这股情绪压制下来，对老板娘说："你的手可以给我看看吗？"

"啊，要用手做什么？"

老板娘往前倾着身子，来回翻看自己的手，露出白色木棉衣领和条纹花纹的胸口。

"让我看一下。"

"哇啊，我瞧瞧……这小手真了不起，好可爱啊。"

那只手掌是有些单薄苍白的。弘子只认识三条掌纹，不

---

[1] 西川一草亭：京都花道大师，对茶道也颇有研究。

[2] 小间：茶道中小于四张半榻榻米的房间。

过老板娘掌纹中代表感情线的那条走势和先前听别人说的老板娘身世基本吻合，所以她显得有点惊讶。

"你瞧瞧，掌纹果然不会骗人！"

"什么？"

"掌纹很诚实，老板娘早年有过外遇吧。"

章子摸着下巴故作深沉，以掩饰差点表露出来的笑意，她给弘子传了个眼神。弘子的计谋章子可能已经猜出来了吧。弘子笑出来，不过她又相当慎重地说："真的，不过啊……"

"真的吗？我看看。"

章子把坐垫拿了过来，也凑到一旁。

"老板娘，怎么样啊？准不准？"

老板娘任弘子抓着她的手，屏息说道："太可怕了。"

接着又极为认真地问："你真的会看手相吗？看哪一条？哪里可以看出有外遇？"

弘子没有料到老板娘竟然对这话毫不怀疑，觉得又好笑又有些羞愧，只好略带羞怯地说明："你看食指和中指之间这条线，这条不是一条直线吧？这条线在刚开始的地方断掉了……这是十九年前的意思。接下来这里又断了一次，又一次……你瞧瞧，接下来就数不清了。"

老板娘脸上没有露出笑容，有些斗鸡眼地看着手掌心。看着这样认真的老板娘，两人不禁放声笑了出来。老板娘把自己的经历向她们娓娓道来。

在十九年前，老板娘还在旅馆当服务员的时候曾经受到过一个男人的关照，但是不久之后，那个男人跟他儿子两个人竟然同时背弃她，最后她只能一个人艰难万分地走到现在。

她把自己的经历编成了一部贤女传。

"女人真是世上最愚蠢的生物了，只要稍微对她好一点，她就能一声不吭地忍受十九年。那个时候的我可真傻！现在即使给钱，我也不会再做那样的蠢事了。"

不过，这些都是谎话了。没想到老板娘竟然也会对她们讲这些虚伪的、不真实的话，她们一起笑着走回旅馆。

老板娘刚走下楼，楼梯口立刻传来："小拳头[1]，你在吗？"

---

[1] 小拳头：指发型，拳头髻。

"还没睡吧？"

桃龙与里荣从门口走了进来。里荣还是都舞时候的装扮。

"好累！"

她拿起旁边的茶给自己倒了一杯，几口就喝了下去。

"你怎么气喘吁吁的？"

"我是跑来的。"

"都是桃龙，硬拉着人家的手一路跑个不停……"

桃龙斜睨着她，用像是文乐[1]人偶那样诡异的表情。

"跳那么恐怖的舞，当然会想要逃跑啊。"

在练习都舞的最后一天，是个非常重要的日子。就连有经验的老手也准时起来，只有桃龙敢迟到，而且还是一脸刚睡醒没精打采的样子。她不把这件事放在心上的表现，挑起了泷泽老师的怒火，讥讽地说："我看桃龙什么都会，就算迟到了也不要紧。"

桃龙跳得不好可是出了名的，她笑了起来，在众人围观

_____

[1]　文乐：人形净琉璃，人偶剧。

之下，指着师傅的脸说："你骗人。"

"师傅那时候的脸太搞笑了，我快不行了。'你骗人'这种话，你还真是敢说出口啊。"

桃龙装作若无其事的样子，打开桌子上的砚箱，淘气地描绘起来。

"离近了看，那张脸还真像是个妖怪啊！"

"那张脸真的很奇怪，我们跳舞的时候脸上都是惨兮兮的模样……好痛，好痛，都裂开了。"

"这是什么？"

"凡士林。"

"你还真能弄到这个啊。"

章子听着两人聊天的内容，弘子则饶有兴致地看着桃龙恶作剧般的画。上面画的是"桃龙哭哭唧唧""才不会跟小拳头撞脸呢"，画着的是她们两人并排行走的背影，虽然画面有些滑稽，却很好地掌握了两个人的特征。

"画得真不错。"

"给你看个好东西。"

　　桃龙从袋子中拿出一本约莫五厘米的绿色手帖。手帖上有的页面记着日记，有的页面则用钢笔画下各种精致的图画，这些图画也有像《时事漫画》的河盛久夫[1]平时画的棒球比赛那类的鸟瞰图，也绘有一些西方人，这些图画旁边都会附上一些字句。"愉悦又美好的新家庭"在好像都逸[2]标题的下方，一对新婚夫妇深情地对望；不久之后，两人争吵起来；最后，异想天开地出现了一只瘦弱的猴子，坐在树枝上。妻子弯着脖子看向猴子，厌恶地问道："猴子先生，你知道我家那口子去哪儿了吗？"

　　绘本中的女子和桃龙很像，都有着大大的鼻子，那些画仿佛是桃龙遭遇的真实写照，透露出年轻女子的心情。弘子有点同情桃龙。

　　"人家先去换个衣服。"

　　躲在角落里画脸玩的里荣站了起来。

　　"人家也要……"

---

[1]　河盛久夫：周刊《时事漫画》的员工。

[2]　都逸：江户时代流行的诗歌格式。

　　两个人开始在角落里解开腰带，突然，里荣拖着端折 [1] 的下摆凑到章子旁边。

　　"嘿，小拳头，站起来。我们来玩个好玩的游戏吧？"

　　"要做什么？"

　　"乖乖让人家摆布吧。"

　　桃龙抓住章子，一边说着一边扒下她身上的缊袍 [2]。

　　"喂！不要对我做奇怪的事情。"

　　章子紧张地按住胸口。

　　"哈哈！看你这样儿……"

　　桃龙吵闹着脱下缊袍，将羽织披在自己的身上，帮章子先穿上里荣刚才身上穿着的长襦袢 [3]，再穿上竹青色的和服，以金泥在红盐濑 [4] 上绘着竹子的腰带高高绑在胸口下面，看到她此时的模样，就连弘子都用手捂着肚子笑得直不起腰来。

---

[1]　端折：和服折在腰带底下的部分，用来调整和服的长度。

[2]　缊袍：御寒用的长版外衣。

[3]　襦袢：介于内衣与外衣的中衣。

[4]　盐濑：指盐濑羽二重，以粗线织成的厚质丝织品。

"这又是什么模样！拜托请别再拿她开玩笑了。"

"黑鬼的新娘！黑鬼的新娘！"

弘子笑到眼泪都出来了。

"这种新娘才不存在呢……是下海吧，下海。"

"去楼下给他们瞧瞧。"

"等一下，头上得有点装饰。对了，我有一个好东西。"

在章子头上罩了张手帕，绑了一个大姐头[1]，她们拉着她嘻嘻哈哈地走出房间。

"各位，这位叫拳里，是里荣的姐姐，请大家多多指教。"

"你们在做什么呢？"

老板娘拉开茶水间的纸门，脸刚露出来，看到这番景象——"嘿。"

她立刻咧开嘴露出她的龅牙哈哈大笑。

"被欺负得蛮惨啊。不过还挺可爱的，你就这样努力赚

---

[1] 大姐头：把手巾放在额头上，左右绕到后面之后，一角垂在中间的绑法。

钱吧。"

桃龙一脸严肃地重复一次："各位，这位是里荣的大姐，拳里——"

章子像吓小孩的舞狮，慢慢地靠近边上拍腿大笑、笑到连腰都直不起来的年轻女服务员。

"好可怕啊。"

"别犯傻了。"

弘子坐在楼梯的中间部分，刚开始她也很开心地向下望着铺地板的房间。过了一会儿，弘子突然觉得消遣自己来取悦他人的章子很可怜，这是一种不由自主产生的微妙心境。章子的脸黝黑又微微泛红，其实和露出的大片紫藤色绣上厚质白菊花的华丽半襟胸口甚至是缠着的红色腰带一点都不搭，甚至组合在一起有点丑陋。章子明显也清楚这一点，她表面看起来不为所动，却眼里含着笑意，看到大家都聚在她身边后，再不厌其烦地表现出她的大笑，弘子看着她怎么也高兴不起来了。她一个人沉默地回到二楼客房，靠在立柱上看着散落一地的和服，等待大家回来。弘子想象着自己把现在的这种心情说给章子听，一个人在那儿似苦又甜地微笑着。章子肯定会说："这是你的偏见。"

后天是星期天，为了欣赏莳绘[1]，她们约好一起去高台寺。涂满莳绘懂得那栋建筑物就在那后山的半山腰，她们得沿着登龙之梯往上爬才能抵达。据说这是远州[2]的想法，沿着龙的白腹登上山顶，踩着龙的黑背抵达山脚，尤其是在楼梯角度的设计上花了不少心思。

虽然抱着不怎么满足的心态离开了寺庙，但在两人闲逛的时候还一直想着这件事，尤其是看到实体后，更能理解登龙之梯设计者的良苦用心。略带潮湿的山气和松林，在这里勾勒出一条龙的形状，设计者一定是个活力满满的人吧。因为随时考虑到周围的环境并且加以调整，所以就连平等院[3]的景致也拥有着打动人心的美感。

"概括说的话，京都的文化不就是这样吗？"

---

[1]　莳绘：以金、银色粉在漆器上绘制纹饰。

[2]　远州：茶道的远州流。

[3]　平等院：位于京都宇治的佛寺。

"从某种意义上来说，我也是这么认为的。"

虽然这么说，她们却一边聊着完全相反的例子——龙安寺 [1] 的石庭，一边穿过真葛原 [2]。草坪上挤满了人，还有好几组人打开重箱 [3] 坐在铺着的红毛毯上喝着酒。成年人游山的景象，更符合她们对京都的印象。

她们向圆山的方向前进。越走人就越少，直到几乎看不见什么人的时候，从另一头迎面走来两位女性。等走到可以大致上看清楚脸部轮廓的距离时，对方大声喊了一声："小拳头！"

是桃龙和另一个她们不是很熟的女子。

"喝喜酒吗？"

桃龙用她标志性的眼神，斜睨了章子一眼，算是回答了她的问题。

"你们要去哪儿？"

---

[1] 龙安寺：位于京都右京区，以石庭闻名。

[2] 真葛原：今圆山公园一带。

[3] 重箱：盛装食物的套盒。

"嗯……我们就在这附近逛逛。"

"哦。人家也要去。可以吧？"

她回头凑到同伴的旁边低声交代了几句后，就和章子她们走进附近的金鱼店。入口处好像是一家植栽店，在短小的缓坡上走了几步之后就是挖着坑的地面。

那里面放着中式的花盆和普通的木箱。可以窥见一条中国兰寿金鱼在一只箱子的竹帘底下摆动着它那鲜艳又魁梧的尾鳍。阳光透过竹帘斑驳地照在不怎么深的水里，显得它异常地白皙，金色鳞片闪耀着如同火焰般的灿烂光影，就好像十分贵重的首饰，让弘子不自觉得想起中国的玛瑙和玉石。

"喂，人家家里有五条这种鱼。"

那是很常见的龙睛金鱼，乌黑的身子在水里不知疲倦般地游来游去，像是决心要将水也染成自己身上这颜色的样子。摇曳的水面映着青叶的影子，再配上桃龙衣袖下摆的色彩，这一刻仿佛看到了初夏。

她们走到圆山深处，在一个亭子里稍作休息。亭子建在高处，向下有一条通往知恩院的小路。穿过那条小路可以看见比这更为广阔的景致。下面的道路不时会有行人经过，亭子附近则好像无人问津，看起来十分幽静。有张板凳安在了未开花的杜鹃盆栽前，她们到了那儿的时候，一对有点年纪的夫妻正坐在那里，惬意地享受着眼前的风景。桃龙把和服摆在自己的双腿上，在亭子里看着他们坐了一会儿后说："感情这么好，我去戏弄他们一下。"

她毫不迟疑地走到那对夫妻面前，跟他们借了火之后又转过身回来，回来的路上开心地吐舌微笑，看上去有点滑稽。她们忍不住也跟着笑了，看向帮她点烟的人，他们也在笑。星期日这样悠闲自在的情景，让弘子觉得身心愉悦。长椅上男人的黑色宽檐帽，宛若公园的一幅自由画。

木下杢太郎

远方的幸福，是多少痛苦

职业的选择、配偶的选择，
这两件事是青年自己的权利，
而且是职责。
自己不能决定时，
社会真正的道德就不能成立。

木下杢太郎

1885—1945

跨越科学与文学艺术领域的奇才，其身份包括医生、教授、诗人、作家、画家、翻译家、美术评论家等，日本近代知识分子"和魂洋才"的典型代表。1916 年至 1929 年间，他曾在中国生活过四年零三个月的时间，期间，他游历中国各地，对中国古代美术史进行了广泛的研究。他曾游历过大同云冈石窟并写下一本《云冈日录》，至今仍是研究云冈石窟的必备书目。

在街市散步者的心情

在染着淡淡洋红色春天的空气里，
将岸边的你轻轻渡过。

星期六的午后，想了想明天是星期天，于是就安心了，在东京的街市闲逛着看看有没有感兴趣的事物。比如神田五轩町一带，广阔道路两旁种着的柳树，闪着光的铁轨上行驶着的嘈杂电车。看向路旁的店里，穿过红色肮脏的门，里面是于七吉三 [1] 的旧锦画，在那旁边是正在梳发髻的美人绘，出自喜多川歌麿 [2] 的笔下。整体是蓝色格调的长方形景色画，在落款里

[1] 于七吉三：少女于七与寺院杂役吉三郎，井原西鹤以历史上的"于七火灾"事件为蓝本创作出的小说中的人物。

[2] 喜多川歌麿：日本江户时代浮世绘画家。

有鸣海之景。由赭色、白色以及浅葱色的竖型花纹织成的特产鸣海绫悬挂在鳞次栉比的棉麻屋檐下。在前面的街道上，一群旅人牵着驮着行李的马经过。

旧锦绘里所包藏的情调如音乐一般袭上人心。一种难以言喻的哀愁涌上心头。好不容易扔掉那难以割舍的眷恋，再次前进。没想到迎面遇到一列红色邮政马车驱驰而来。刚刚平静的心绪突然就被破坏了，睁开不安的眼眸，街市无限地延长，斜阳照下，眼前如梦一般浮现出了银灰色的墙壁……神田的古风大时钟摇摆着。咚，四点了。

不知他人是否也对平白的记叙感兴趣。只是对我而言没有什么比东京景物更吸引人的了。视觉，听觉，又或是无法感觉空气压迫感的触觉，有时又会从日本桥，特别是从本町、大传马町传来的醋酸、氯化瓦斯、碘仿以及中药混合起来的奇怪味道。九月的时候又会从一丁目附近、长谷川町附近传来从批发商那散发出的冬季衣物底料的味道——能够感受到这些各种各样的气味和其他方面的事物。

因此，在街上散步两三个小时的期间，可以感受到各种官能交织如音乐一般的事物。

我现在很困惑。要说对日比谷公园九月早上的印象吗？

还是描绘出那里的八月夜晚？又或是说说更有兴趣的银座后町秋夜里的生活？还是说说春雨时期，伴随着素雅三味线的音乐，而又有着淡淡寂寞的深川河岸边的情绪呢？

曾经读永井氏[1]《深川之歌》的时候，对里面他哀怨甚深的华丽才笔感到既惊喜又妒忌。哪怕是电车，那个如同同盟罢工部队一般粗暴又可怕的文明侵略军的尖兵，都不会来到这个村庄，不会往高桥里面去。所以那个房屋里还是点着跟以前一样奇怪的蜡烛，这里的女孩子们冬天没有袜子穿。到现在也还围着宽松的黑缎子或是深紫色的领子，戴着红色的手套。之前经常去的戏剧院，深川的出租屋、木材屋、石材屋、酱油屋，又长又低的藏青色墙壁还是和以前一样。就这样思考着、悲伤着，在庙会的日子里组织唱起悲伤的歌曲，《阿呆陀罗经》[2]却总能使人发笑。

某个午后，难以言喻的忧愁袭来，一个人寂寞地站在屋后深川的小沟边。

春日午后三时如油般寂静。毛毛细雨渐渐停下，天空中

---

[1]　永井氏：永井荷风。

[2]　《阿呆陀罗经》：江户时代讽刺时事的民间歌曲。

一部分的云变成了黄色。在对岸一家的屋檐下，那里的木材散发出新鲜的桧树的甜味，夹杂着浓厚的春之气息，流向了我这边。默默地看着水面，耳朵被对岸二楼流出的三味线长歌的声音洗净了。流出的旋律很是素雅，时不时地弹出一样的曲子，是在教孩子这首歌吗？有点闷热——本是柔软的脖颈被春天午后浓厚的气息压住了，我做了一个梦，感觉稍微有一点疲劳，一边听着曲子一边遐想，回想着之前一个个还未结束的空想。

突然，身后走来一个女人，黑色的领巾上有着深红的缠绕物，这个年轻女子站在渡口栈桥的一端，轻轻地举起双手，做着像是在和人打招呼的姿势，对着弹奏三味线的方位喊道。

"喂。"女子呼喊的人可能不在里面。

"喂，那个，到敷岛，一人。"

我想错了。三味线二楼下面的店里（那里是租借船只的地方）突然听到了回复但未见到人。

"两人吗？"

"一人！"

"有零钱吗？"

"二钱！"

这样高声地应答。

过了一会儿，一个年老的男人载着一位乘客冒了出来。将零钱和烟草递给了女人，之后又在那里载了两三个客人离岸了。那个时候，我也曾乘过去往净琉璃町的船，老人撑着船，我听着三味线声睡觉。在染着淡淡洋红色春天的空气里，将岸边的你轻轻渡过。

人们每次听到没有条理的话就会笑。但有着敏锐的感官且习惯了近代艺术的人们的想象力不能将自己的所想很好地描绘出来，只能安于现状并且继续与之谈话。

啊！自己为什么会这样，至少能够将九月下旬日比谷公园朦胧早上枯草的气味形容出来才可以啊！在被栅栏围着的方形园子里，秋天里稍微变黄的杂草的气味，想着想着便沉溺其中。之前经常看到黑田清辉[1]先生的写生本，因为光线的原因，画中一群闪着蔚蓝色光泽的女子正在割草。割下的草堆积在山上。白天到司法部的屋顶上，站在围栏里的人，能够看到枯草不被日光照射的一面。山上枯草的周围边

---

[1] 黑田清辉：日本画家、政治家。

缘闪着金黄色。背面覆盖着一种无法用言语形容的颜色，至少那个色调——只有枯草束才会拥有的颜色，看到就会心满意足，其实之前我并不敢期望能够在日本的油画上见到这种颜色。

司法部、审判所在日光的照耀下显现出一种淡淡的紫色烟晕，很美丽。下面一排杨木的树梢闪着金绿色的光辉，很是吸引人。特别是在眼前，沿着栅栏的一横排树木，生着绿油油的如漆一般的对生叶，夹杂着黄色的枯叶。这幅绘画让人心情非常舒服。出来时正好遇到园丁便询问其名，答道："这是祭神仪式的树。"

孩子在草中嬉戏。白色敞篷的摇篮车里，有婴儿睡着了。远方的小山丘下出现了一群盛装打扮的人们——一切都是适合描绘秋天早上公园印象的材料。后悔自己没有画油画。

只是为了将这种印象铭记，我把友人拉到那附近料理屋的二楼。就这样喝着浓绿色的薄荷酒和咖啡。不久就要到正午，阳光将照入阁楼内。

"打扰大家了，这是我的长子……"下楼的时候，隔着苇帘子听到了隔壁房间里的话语。在那里有一群穿着礼服围着桌子坐在一起的东京人，还看到了高个子女子的背影。上了年纪的男人正在介绍站着的年轻男子，在这样的声音中我走出了小屋。

人们沉默着。就像是害怕脚趾会踢到东西一样低头凝视着地面。那里有如蓝色海底一般的孤独灯光，有颤抖着的白色和红色的芙蓉。

没有星星的八月，夜晚是黑暗的。不知为何，我却忽然记起那令人怀念的夏夜里的光芒。

夜里喷泉的音乐悲伤似水。

那些黑暗、阴郁、怀旧的曲调很容易引起共鸣。比如，我们这些没有听惯西洋乐的年轻东洋人，当听到柴可夫斯基的小夜曲和浪漫法兰西的鲁西亚旋律的时候，也能感受到这个国家以及隐藏在音乐背后国民激烈的生活情绪。最终以没把握能够探索出其本质的心情，搅动了围绕着池塘的人、青色的杨木，以及充满柔和气氛的夜晚。

失去和谐的凄惨日本，一方面鼓吹勤俭尚武，一方面在日比谷公园里隐藏着这样的现代情调，这样的矛盾真是令人忍俊不禁。

一起坐在长椅上的一群人是抱着怎样的心情呢？我很想知道。

高升的水流如梦一般洁白，奔驰的水滴像抒情诗破碎的灵魂般落在紫色街灯的影子里，飒飒地滑进了悲伤的池中。

在此之前，沉溺其中的国民都沉默着，像是担忧着脚趾的伤那样，偏着头听着不可思议的音乐。

八月的某个夜晚，我走在日比谷公园，仍然记得当时遇到的一幅说不出的光景。

渡过茶室桥，走在通向银座的小路上，我遇到了一群如水流涌出般欢声喊叫的人们。

每当我想起拥挤的银座大街时，我就不禁想起在那个秋夜的横街里偶然遇到的事。

那夜，漫步路上的我沉浸在之前的幻想中。所谓的幻想，就是现在的日本，我们这些人终身一生能否遇到满足自己趣味的事物。我已经不能满足于云舟、芭蕉、寒林枯木、寒山拾得 [1] 了。虽说如此，西洋艺术也还是不错的。正如中村不折 [2]、桥本邦助 [3] 等对新艺术，纲岛梁川 [4]、海老名弹正 [5]

---

[1]　寒山拾得：唐代天台山国清寺隐僧寒山与拾得，著名的禅僧。

[2]　中村不折：日本美术家兼文物收藏家。

[3]　桥本邦助：日本西洋画画家。

[4]　纲岛梁川：日本宗教思想家、评论家。

[5]　海老名弹正：日本宗教思想家、神学家、牧师。

等对新宗教也仍未满足的状态。然而，期望如今的世界是一个浑然一体、和谐共处的时代到底是不可能的。不是巴尔扎克、福楼拜、歌德等的时代，也不是乔治·德·基里科 [1]、福斯特 [2] 等所在的世界。最终是自然主义的世界、印象主义的世界。原来如此，这也难怪我们这些人会对黑衣男子和裸体女子相配的《草上的朝饷》[3] 感兴趣了。

在不协调的各个事件里，在时代的错误里，在沟渠畔边张帆的军舰上，在洋馆旁边响起《纳曾利》[4] 的古曲中，在砖墙旁边格子门里的神灯里，在孔子尊像前穿着大礼服的博士们——我们必须通过我们对这些无法感受的不可思议光景的惊骇来满足我们的趣味。

就拿东京的街市来说，确实在此。在银座街头随意漫步期间，我遇到过许多有趣的事物。那里正好是地藏菩萨的庙会。路的两侧，白色的折柄菊花盛在装着水的手提油灯里。

---

[1]　乔治·德·基里科：意大利超现实画派大师。

[2]　福斯特：英国作家。

[3]　《草上的朝饷》：爱德华·马奈的油画代表作。

[4]　《纳曾利》：雅乐的著名乐曲。

盲目的三味线弹奏者拼命地搜寻自己的下脚处。一不注意便到了美好的月夜。一场大雨过后，烟草制造工厂的屋顶闪着银碧色的光辉。工厂的屋后有一个半球形的圆弧，那是月阴之时银灰色的空气向下沉淀形成的。看到这种罕见的光景时，就会忍不住想要怒号——自己到底来到了哪里？

石头铺成的街道上有着黑压压的人群。街头的歌唱者将行人围起来。

"高等女子学校的学生

腰带上印着光辉

右手里的教科书

左手里的丝绸雨伞

头上的发卡和白丝带"

我在此处听到这首不太有日本风格的曲子时也很惊讶。如果是走在威尼西亚的外廊下，在那里听到这样的小节朗诵，又或是听闻阿里奥斯托[1]所朗诵的古语，应该就不会有此时这样不可思议的感觉了吧。只是自己现在漫步在东京。

---

[1]　阿里奥斯托：意大利文艺复兴时期的著名诗人。

河岸边不正在啪嗒啪嗒地煮着面条吗？砖墙旁边的瓦斯灯的松叶纹章上不是好好地写着歌泽[1]吗？在《发结新三》[2]的曲调里不也有"发卡、白丝带"这样异域风情的歌词吗？只是，从事实来看虽然像是假的，但这就是事实，没有办法。这样的风气，虽然可能会被认为是夸张了，但超越理智的感情确实是不可思议的。

之后，我又闲逛到了京桥。在"金泽"曲艺场的旁边，找了一个不知名的卖年糕小豆汤的店里吃了一碗红豆汤。从那家店出来后，听到了像是可以握在手里的三味线音乐。

外面，夜里很冷。月亮暗到看不见。只有金泽二楼还亮着灯，灯光照在一面隔扇上。就是从那里传来三味线的音乐。在轩行灯[3]上看到了"金之助"这个名字，估计现在也是那个上了年纪的女子在弹唱三味线长歌。虽然只有一把三味线，但曲子听着很热闹，重复弹奏了几次，她的长歌片段中有一种特有的、短调的、强烈的节奏，接着又到了只有拨

---

[1]　歌泽：流行于江户后期的一种歌谣，由歌沢笹丸所创。

[2]　《发结新三》：歌舞伎表演曲目的一种。

[3]　轩行灯：悬挂于屋檐下的招牌灯笼。

音的一节。三四个人在那站着听。我也跟着停了下来，不知不觉就被推搡进人群里。站在店门口的人突然被高声骂到，将要离去。上面的人讥讽地喊着："下面入口的看客们，不如进来啊，站在那里多冷呀。"

"了不起啊，天下无敌啊，我就在这，就站着啊！"一个穿着短衣的男子一边说着一边走了出去。我前面已经没有站着的人了，于是，弹奏者就暴露在我眼前，她是一个穿着女式外衣的奇异女子，看起来似乎有些不知所措。那个叫嚷着的家伙走掉了。当我也准备走时，突然发现后面的人不知为何在窃窃私语。实际上，我身后还有其他人在的。一位走路很是蹒跚的秃头老爷爷蹲到了房屋向阳那一面墙前堆积的石头上。然后小声地嘟囔了几句话。

"啊，老爷爷，是你吗？"惊讶之余我叫了一下他。同时也想起了关于这个老爷爷的一些事，感觉很可笑。

本来我曾经出入那个日本桥后街上的居酒屋，那个时候，有人唱起了有关国定忠治[1]的浪花节语，人们就开始在居酒屋内得意地一个接一个地唱起歌来，唱了各种各样的歌

---

[1]　国定忠治：江户时代后期的侠客。

曲。那个时候这位老爷爷也在场。然后以掉了牙齿的嘴说，自己也要加入大家。当他模糊地唱出"想着为了自己就会轻松"的时候，大家都不禁地笑了。

说起来也是好久以前听说的事了，这位老爷爷原本是东京的士族，明治维新之后家族败落，又沉溺于酒色，年纪大了便沦落为河岸边的一个流浪汉。即使如此也几乎每天不差地到这个酒馆来。听说那晚是他第一次唱歌笑了。虽然没有自己唱的歌，但他很喜欢听，每次来到酒馆就会坐在曲艺场附近。听说之前因为在金泽的唱台上往来，所以经常在那附近睡着。

"老爷爷，又来了啊！"

虽然知道这位爷爷的事情，但还是这样搭话了。之前一直在自言自语的老爷爷突然有了说话的对象。

"是的！啊，我在想，我要做些什么呢？"他稍微大声地自言自语着。

……之后，我自己走开了。走出了京桥的大路，耳边仍然能够听到三味线长歌微弱的声音，实际上是这样吗？还是说只是我耳鸣了？

我为自己而活

坂口安吾

人可怜而脆弱，
也因之是愚蠢的，
他们做不到彻底的堕落。
唯坠入堕落之途，
我们才能发现自我，
得到救赎。

坂口安吾

1906—1955

日本"无赖派"文学的代表人物，曾被《读卖新闻》评为"最贴近年轻一代的战后作家"。他一生创作过小说、文艺评论、推理小说等多重领域内的作品，凭借评论《堕落论》以及小说《白痴》的发表，一举成为"无赖派"的旗手。川端康成曾说："坂口安吾的文学作品，是由坂口安吾所创造，若无坂口安吾，则不可语之。"

风与光与二十岁的我

如果无论如何也忍不住要做坏事，
就不要波及旁人。
要做就自己一个人去做，无论好事坏事都要自己去做。

被开除、留级、中学毕业，这些是我过去的二十年的经历。十八岁的时候，父亲去世，留下的只有欠债，我们住进了简屋。周边的人说，像你这种讨厌学习的家伙进了大学也没什么出息，虽然也不是说让我不要上大学，但也确实有道理，所以我决定工作了。不久，我成为小学的代用教师。

我的性格生来放纵，无法服从别人的命令。从幼儿园开始翘课，中学时期的出席率也只有一半。教科书就那样一直放在学校的桌子里，空手上学然后休息，休息的时候看看电影。在故乡的中学时期，我只是躺在海边沙丘的松林里，悠闲地眺望着海和天，有时还会看看小说。因为一直过着完全无用的生活，仿佛这就是我一生的宿命。被乡下的中学开除，进入集中了东京不良少年的中学，虽然在那里我也是翘课的名人，但是去看电影什么的次数果然还是变少了，于是我经常躺在一片杂草之上，那是由学校后面的墓地和杂司谷[1] 犯人墓地附近的树木所围成的一小块草地，只有一小段路程。我经常躺在这里，和我一起翘课的朋友 S 君来这里找过我。S 君是同年级里有名的拳击手，请假带着拳套来到这片草地，他在这片草地上练习，因为我当时胃不太好，一旦胃被打到就会很不舒服，所以我没有练习拳击。这片草地上树木的背阴处形成了湿地，因为湿地那里蛇很多，有一次 S 君抓住了一条蛇，说着要拿去卖掉，结果却把它带回了家里，如果去 S 君家里玩，还可以给桌子抽屉里的蛇喂食。

　　某天，S 君在犯人墓地里又发现了蛇，他飞跳过去抓住了蛇的尾巴然后将它提了起来。刚提起来，那条蛇就意识到

———————————

[1]　杂司谷：东京都丰岛区的町名。

了，然后开始嘶鸣，S君因为突如其来的嘶鸣而恐惧，变得杀气腾腾，疯了一般地开始抢着蛇转圈，五分钟后蛇没有了任何声息，接着他把蛇扔到了地上。虽然还踩着蛇头，但这可不是开玩笑的。"在犯人墓地里被蛇咬了可是会闹笑话的"，S君嘴里一边念着这样的话一边清醒地踩住蛇头。这样有趣的事情到现在我都清楚地记得。

我曾经被S君请求着做过翻译。S君从中学时期就开始向各种杂志写过关于拳击的杂文，或者让我翻译拳击小说给《新青年》刊登。《人心收揽术》就是我曾经翻译过的文章。虽然S君说我做一半就给我每张三日元的稿费，可是之后一分钱也没给我。我之后得到了写文章的稿费，即使是一流的杂志也是每张纸两日元，最多也就两日元五十钱，我得到每张纸三日元的稿费是我从事了文笔工作大约十五年之后。纯文学的工资远不及给中学生拙劣的文章做翻译。

我进入了这个不良少年聚集的中学之后，突然迷上了宗教。生来就无法服从他人命令的我，命令自己去跟随宗教。只是非常迷糊地憧憬着，在这求道之中，我感受到了一种如同乡愁般的艰辛。

　　一般来讲，无法服从学校纪律的不良中学生成为小学代用教师是一件会让人感到奇怪的事情。只是，我少年多感的同时也怀抱着梦想和抱负。那个时候的我比现在的我更像大人，现在我已经变成连打招呼都没法好好做到的人，但那个时候，我有节制也有爱好，和父兄在一起时很慎重，如同在和教育家说话一般。

　　现在在新潟做律师的伴纯，那个时候写过《改造》等文章。他是一个梦想家，和妻子一起搬进了青梅山里建造了一间小屋过着原始般的生活。我之后也借那个小屋住过，住的时候有蛇进来，令我很困扰。我成为教员的时候，伴纯对我这样说："与人说话的时候，开始要轻声轻语。为什么呢？是因为要让对方竖起耳朵听你的话，首先得引起对方的注意。"

　　在我学校的地区，伴纯的友人藤田，是一个两只手都只有三根手指的畸形儿，画画只画鲶鱼的性格奇异的日本画家。因为他独特的性格，我曾去拜访过他，有介绍信，得以成功。我明明说今天只是来打个招呼，总有一天会再次悠闲地过来细细交谈。不，其实连这些也并没有说出口，因为当时他说的是，家里有苏打水，请一定尝尝。

"既然你硬是推荐，那么，我就不客气了。"

等进了门之后，藤田叫来妻子说："你去买几瓶苏打水来。"现在想想真是有些惭愧啊。

我做教员的地方是世田谷叫下北泽的地方，那个时候叫作荏原郡，其实就是武藏野。我辞掉了教员之后，小田急快速铁路才建成。那个时候净是竹林，所以进行了开拓。总校在世田谷的市政府旁边，我所在的是分校，只有三个教室。学校的前面有一个因针灸术而闻名的寺院。学校周边卖学习用品、面包、糖球等的店排成一条街，学校外面只有一望无际的田园，那个时候没有公交。现在井上友一郎住的附近总感觉有点像之前的街区，但变化太大，已找不到当年的一点迹象。那个时候学校附近甚至连农家都没有，完全就只是一望无际的原野，一边连着山丘，山丘里有竹林和麦田，也有原始森林。这个原始森林虽然被称为守山公园，但根本谈不上是公园，只是个原始森林，我经常带着孩子们到这里来玩。

我虽然教五年级学生，但这是分校中最高年级的学生，男女混合大概七十名。我估计是总校力所不及，所以强行把学生分给分校。七十人里有大概二十人会片假名，其他的就只会写自己的名字。还有连"你好"都不会写的孩子，居然有二十人。学生里有着各种各样的家伙：这个家伙只会在教室里面吵架；那个家伙一旦军队在外面唱着军歌通过时，就会在上课期间从窗户伸出头看；还有个较为冷酷的，有些异常的孩子；说起卖蛤蜊家的孩子，他们家在霍乱流行时期蛤蜊卖不出去的时候大量囤积，然后因为吃了蛤蜊一家人都得了霍乱。这个孩子在去学校的路上就开始呕吐，吐出了像米汤一样的白色呕吐物。幸好最终大家都得救了。

在坏孩子中也有很可爱的孩子。虽然说孩子都是可爱的，但其实是坏孩子也拥有着美丽的灵魂，拥有着温暖的思念和乡愁。这样的孩子也不要强行让他学习，这样只会让他脑袋疼，利用那颗温暖的心和乡愁的思绪让他好好地活着，这种教育方式比较好。我就是秉持这种教育方式的人，并没有在意他们连假名也不会写。一个叫田中的卖牛奶家的孩子，早晚都是自己在挤牛奶配送，留了一级，年纪比其他孩子都要大一岁。因为腕力强而欺凌其他的孩子。刚到任的时候，虽然被分校的主任专门提醒过要注意那个孩子，但其实他是个非常好的孩子。说要展示给我看怎样挤奶，一旦去玩的时候就会高兴地跳起来，虽然有时候会欺负人，但是打扫卫生、搬运物品等体力活他都会主动接受，然后默默地一个人完成。

"老师，我不会写字你不要骂我。作为补偿，力气活儿我什么都做。"对我请求着这些可爱的事。为什么要把这么可爱的孩子说成骗子呢，不会写字不是应该被责备的事。最重要的是，让他留级这种事情是不合理的。

我对女孩子没什么办法。女孩子差不多到五年级的时候，已经是女人了。班里面甚至有两个已经来了生理期。

我最开始住在学校附近的唯一一家出租屋里，因为没有几个房间，所以就与别人合住了。在这附近有海外殖民的实习学校。我和东北农家出生的学生一起住，他是个奇怪的男孩，不吃热饭。说是从孩童时期就做各种杂活只吃冷饭长大的，无论如何也没法习惯吃热饭，总是冷了之后再吃。话说，这个出租屋里有个女孩子二十四五岁，虽然像是有二十贯重的大个子女孩，但是我一见钟情，来我房间玩的时候我就好像做梦一样，头脑发胀，口齿不清，神情恍惚，眼角好像要裂开了一样，坐立不安，完全无法冷静，一会儿喋喋不休，一会儿沉默不语，一会儿又和蔼地笑，面对这种突如其来的感情袭击，我被打败了。

在我的房间只有我自己一个人吃饭，因为总是手捧着热饭不动，同住的猫舌先生也叹息我的命运。我对这个女孩子的狂恋，让出租屋的老夫妇也很困扰，我觉得我不能再在这添麻烦了。大概二十天之后我就搬走了，说是因为有同住者无法学习，对老夫妇表明了搬走的决心，老夫妇那种松了一口气然后又很意外接着对我表示感谢的神情，完全是出乎我意料的事情。所以这对老夫妇从那以后经常称赞我，连我也没有想到会变成这样。

话说，这对老夫妇有一个女孩子是我班上的学生，她比谁都要强。

"虽然想不到父母会夸奖我，但当着我的面，父亲和母亲对老师评价很高倒是有点奇怪。我说老师不是那么好的人。"这种女孩子对我宠爱坏男孩子的行为很惊讶很妒忌。

女孩子妒忌之深是我二十岁时才见到的东西，对这样的事情感到意外的同时又觉得很是为难。

我搬去了分校主任家的二楼。在代田桥有一条一里多长的路。分校一半的孩子都是通过那条路走过来的，我是坐车和大概三十个学生一起到学校的。虽然我有时会迟到，但也没什么不好意思的，因为年轻，所以可以和孩子们笑着说昨天晚上做了什么。大家都是农民的孩子，回家了就会给家人帮忙，所以这样一来连片假名也不会写的孩子自然就多了。

分校主任给教师租屋住是内职之一，在我之前，总校的一个叫长岗的代用教师也住过，他是个俄国文学爱好者，性格很奇怪，得了一种叫蛙癫痫的怪病，看到青蛙就会发生癫痫。我的班级在四年级的时候是这个老师教授的，有一次一个学生在粉笔盒里放了一只青蛙，然后老师在教室里吓得像泡泡被吹破了一样跑回去了。卖牛奶家留级了的孩子说，长岗老师那个时候受到了很大的惊吓哦。他大概是早就知道粉笔盒里放了青蛙。"是你吧，放青蛙的？"我问道。"好像不是哦。"他笑着回答。

这个主任虽然估计有六十岁了但是精力很充沛，四尺六寸的畸形低背，身体横向扩展，经脉都凸起来了，在鼻子和胡子的隐藏下是如谜一般的嘴。因为脾气非常暴躁，所以对他要很谨慎，他容易迁怒于人。特别是容易拿学生出气，但对村里有权力的学务委员^[1]等尽说些恭维的话。一旦发起脾气来，就把课推给只教过一年书的新人身上，然后到有权力者的家里喝茶聊天去了。学校如果没有他或许我会更开心，其他老师被强行塞了课程也没有说些不满的话。他生气了就殴打妻子，然后摔门而去，进入杂树林和竹林，用拐杖对树干和竹子一顿乱打。这看起来真是一件疯狂的事，用那么大的力，手不疼吗？大约五分钟过后，又开始"诶诶诶，呀呀呀"地疯打。

　　这个时候的年轻人啊、愣小子啊都有口头禅，我当时就是一个超然物外的居士，不怒不悲不憎不喜，维持着行云流水般的生活一成不变。因为如果我生气的话就会被要求迁居或者房租就会增长，我对这样的事情感到担忧，所以平时做事时力求没有疏漏，也因此我几乎不会迁怒于人。老师总共有五人，一年级的山门老人，二年级的福原女老师，三年级的石毛女老师，这个山门老人也是一个超然物外的居士，六十五岁，穿着麻布衣和草鞋来到学校。据说女儿在市内做老师，想要结婚，但因为喜好赌博，没有人愿意接受，

[1]　学务委员：日本明治时期的地方教育行政官。

目前已经到了必须依靠家里的经济援助才能生存下去的地步。山门老人因为这个每天都很焦虑，于是每天对我们说这件事情，又大笑着说："我注意到了你们厌烦的神情哦。"山门老人孩子有十个，生活很辛苦，每晚都把人生寄托在一合酒上。

小学老师的道德观很奇怪地被颠倒了。虽然以前人们为了不受批难而过着自律的生活，但是世间一般的人不这么做，决定沉溺于放纵的恶行，觉得我们做这种程度的坏事也没什么。现在的人做着更坏的事，深深地认为我做的事情算不了什么，实际上却对世人做了不能做的坏事。在农村里也有这个倾向。城市里的人是坏人，他们做了非常坏的事情，所以觉得我们稍微做一点坏事也无所谓，实际上却在做着比城市人更坏的事。这个倾向在宗教信仰者家里也有，不是自己想做而是以考虑他人的想法为借口，这个时候却又不能做，顾虑其他的是空想，这样更加过分。教育者是作为学生的老师，但是我觉得老师们把人类世界的污浊解释得过头了，甚至有了妄想的成分，这令我很惊讶。

总校决定分配一个女老师给分校。这是一个美到惊人的女子。那么美的女子直到那时我才见着，突然意识到这般美丽的事物是实际存在的东西。二十七岁，单身，听别人说她考虑过一生独自一人生活，但是又有着某个坚定的信念，非常高贵、谨慎、亲切，和女老师常有的中性类型不同，是个非常有女人味的女子。我暗地里对她十分憧憬。又因为总校和分校几乎不交涉，我与她之间基本上没有什么交流的机会，几年之后，我把她作为了一种精神寄托的高贵象征。

村里某个有钱人，好像是一个已经相当老的男人，妻子死了之后，想娶这个女老师。向分校主任请求了这件事。因为约定了几百日元或者几千日元的谢礼，那个时候，主任为这件事丢下工作东奔西走，但被钦定的女老师完全没有结婚的意思，所以这个婚事是不可能的。那一两个月之中，与其说主任因不安而显得粗暴，倒不如说脾气本就狂暴，很麻烦。

我志在过行云流水般的生活，向女老师告白、结婚等的事情都没有考虑过，只是将那位女老师的样子作为重要的东西深深地放在心里。听说了主任的暗中活动，一想到因结婚而使美人被玷污摧毁就让我变得十分不安。我开始不顾行云流水的志向，暗地里憎恨主任。

石毛老师是宪兵曹长的妻子，实际上是个冷淡中性的

人。福原老师是个性格很好的大妈，好像已经三十五六岁
了，是个不在乎装束，愿意为学生奉献一切的人。与其说是
教师，不如说是天性像保姆一样的人。所以即使单身也没有
中性女性的那种恶，虽然没有崇高的理想，但是个很善良的
人。之前那个想娶高贵女老师的男人，也停止了对老师偶像
般的追求，这对我来说也是一件愉快的事情。我辞掉老师职
位的时候，虽然分别使我痛苦，但是对高贵女老师的憧憬是
不可能结束的，这真的是一件很好的事情。很高兴说出了这
样的话。分别的酒宴上准备了丰盛的菜肴。只是我为自己无
法了结那个女老师的事情感到悲哀。为什么献出身心却没有
结果呢？

我喜欢放学后就我一人留在教员室里。没有学生，其他
的老师也都回去了，只有我一人沉溺于万物和思绪之中。声
音也只有时针的摆动声。那个喧闹的校园变得连一点人影一
丝响声也没有，奇妙的寂静，奇怪的空虚感，感觉自己像是
消失去了某个地方般的放松。我这样放松的时候，从挂钟阴
处的某个地方，"啊"的叫了一声，感觉像是灵魂出窍般。
一不注意，"喂，怎么了。"我的旁边站着"我"，像是在与
我搭话。我喜欢那种朦胧的放松状态，这样的话，我可以时

不时和站在那里的"我"对话，有了想做的事情。

"喂，不能太满足了。""我"瞪着我说。

"不能满足吗？"

"是啊，不可以。一定要痛苦。尽量让自己痛苦。"

"为什么？"

"那只能由痛苦的人本身才能回答这个问题。人类的尊严就在于让自己痛苦。想要令自己满足，但这是不可能的。"

我在想，这是真的吗？我自己先不说，的确是喜欢沉溺于满足之中。我确实离行云流水般的状态更接近了，生气、喜悦、悲哀等的情绪也变少了，明明才二十岁，比起五六十岁的各位老师，我却好像更加沉静、老成、有悟性。我没有想要一切。因为除了灵魂外我其他的都不想要。我夏冬都穿着一样的洋服，书一读完就给别人看，多余的所有物只有穿戴的衬衣和头巾。有时来看望我的父兄说，那个老师把兜裆布像洋服一样挂在墙上这样的笑话传开了，诶，其他人没有这样的习惯吗？这样的话我倒是有点惊讶了。把兜裆布挂在墙上是我的整理方法，对于我来说没有隐藏之类的想法，放进去也没有用。隐藏的东西比如说对那个高贵女老师的幻想，我那个时候读过《圣经》，曾把这个人的面影幻想成圣母玛利亚。只是我虽然憧憬过，却没有恋爱。我未曾感受到这种失去精神平衡的恋爱，但是至少曾在分校坐在一起共同工作过，这样就够了。我想要的最多也就是这个。这个人的面影现在在我的心里已经消失了。我也不能再想起她的容貌，甚至连姓名也不再记得。

那个时候，我从太阳中感受到了生命的存在。在照射的阳光中我看到了无数闪闪发光的泡泡，甚至能够看到以太的波纹。我只要能够眺望蓝天和阳光就足够幸福了。从麦田传来的风里夹杂着光的香气，我感受到了至高无上的喜悦。

雨天时在一粒一粒的雨里，在暴风雨狂啸的声音里，我也都能够寻找到令人怀念的生命。树叶、鸟、虫，然后还有流云，我都能够常常感受到它们在与我的心交谈，那些可爱亲切的生命啊。没有一定要喝酒的理由，我不喜欢喝酒。只要能够看到女老师的幻影，也就不需要女人的肉体了。夜里累得睡着了。

我与自然之间渐渐失去距离，我的感官与自然的感触被生命充实。我并没有对此直接地感到不安，走在麦田的田埂上和原始森林的幽暗处时，我总是能看到跟自己搭话的那个我。他显现在树林深处，在繁茂树林的上方以及山丘的土地上。他一直那么安静，他的言是那么轻和，那么温柔，他和我搭着话："你，必须承受不幸，快到不幸中去吧，然后痛苦地活着！不幸和痛苦才是人类灵魂的最终归宿！"

但是我不知道通过什么事来使自己痛苦。我对肉体的欲望也很少。痛苦，到底什么是痛苦呢？我幻想着不幸。贫穷、疾病、失恋、野心受挫、衰老、无知、失和、绝望……我发现自己很充足。即使寻找不幸，但甚至连那不幸的影子都未捕捉到。害怕被斥责的坏孩子的悲伤对我来说也是令人悲伤的事实。不幸到底是什么呢？

只是我一和突然出现的"我"搭话，我的影子就会被压迫。我曾考虑过，要不试着去妓院看看。然后身染肮脏的疾病的话，这样行吗？

我的班上有一个叫铃木的女孩子。这个孩子的姐姐和自己的父亲结成了夫妻关系，这件事情大家都知道。这种家庭本身罪恶的黑暗在这个孩子性格上留下了阴影。甚至都很少和朋友说话，完全没有见过她开心玩耍的样子。总是垂头丧气地待在角落里，和她搭话，她也只是微微一笑。从这个孩子身上感受不到她肉体的存在。

每当我对不幸这件事感到困扰时，脑海里就会浮现出这个十二岁阴暗女孩的姿态。

　　另外还有两个女孩子，分别叫作石津和山田。我经常怀疑这两个女孩子是不是已经从生理上成女人了。我和石津搭话的时候，虽然石津好像会显现出妩媚的神情，但和其他的女学生相比，她的嫉妒心和坏心眼之类的是最少的，只是总感觉她只有一副丰满肉体。她也是没有什么朋友的孩子，在她身上没有像普通女孩和朋友建立死党关系的那种性格。她性格开朗，总是笑着，张着嘴，一直是一副好像眺望着什么的神情。

　　山田家是卖豆腐的，只是不是卖豆腐家的亲生孩子，是前妻的孩子。她的妹妹和弟弟才是卖豆腐家的亲生孩子。这个女孩子是只会用假名写名字的孩子之一，但腕力在女孩子中是最强的。但和男孩子吵起架来，却很少用这个赢过男孩子，个子大，总是把嘴一下子撅起来，但表情看起来倒是很机智灵活。不能说是阴暗的性格，但总好像在深思什么，没有什么活力，完全没有朋友。好像没有感受过交谈的喜悦，和人的交流很少，尽管如此，她还是默默地加入游戏当中，表现得极为野性。虽然没有笑，但是好像很开心的样子，只是跑来跑去的样子与其他孩子比起来动作幅度更大更粗暴，就像是野兽般散发出野性的力量。她的姿态缺乏魅力。虽然她大胆无畏，但实际上，我在其他个子小且没想法的女学生身上发现了女性本身更加本质的无畏，在她身上的嫉妒心和坏心眼等女性化的东西要较少。我想，就像现在早熟，在这些所有的孩子成为大人的时候，结果只有这个女孩子被女人们丢下，落后于她们。她会不会败给所有的同性？

这个女孩子的母亲曾在某晚拜访过我。跟我讲这个女孩子特别的事情，也就是，几个孩子中只有这个孩子不是她父亲的亲生孩子，她性格乖僻，父母对她并不是差别对待，希望我教诲她女儿能够对父亲更加放开。这个母亲被人评价为放荡的女人，确实看上去像是大约三十岁的很放荡的女人。

"不，她并不乖僻，"我回答道："虽然看上去很乖僻，但是她拥有着一颗率直纯朴的心和高尚的素质，承认并接受正确的事物。不需要我的说教。问题是你对她真正的爱。我最担心的是，那个女孩子，没有被人爱。作为女孩子被爱得太少了。不是因为她性格乖僻，而是因为她没有足够被人爱。首先从亲人，是否有被你爱呢？让我来说教什么的，完全是方法错了。你来听听你的心声。"

这个母亲的表情没有显示出一点变化，她似乎没有听懂我的话，作出一脸茫然的神情。我想这又是一个只会用假名写名字的人吧。只是，和孩子相反，她是一个彻头彻尾的充满了肉欲的女人。女人中的女人。只有那种放荡的动物性，和女儿的野性相通。女儿个子大，母亲个子却非常小。两人的脸都是美人一类的。这个母亲继续停留了两三分钟，最后说了几句闲话就回去了。

我经常习惯性地想起铃木、石津还有山田。不禁觉得这三人的未来尽是不幸之路。不幸这一物，我本身没有。于是我就开始从学生的影子上注视不幸了。就是不幸和不被爱的事情，没有被尊重。石津的情况是她仅仅被当作玩具，我立马就想象到她变成了一个妓女之后的生活，没有什么喜怒哀乐，只是一堆肉块。虽然我并不清楚实际上的妓馆和妓女是什么样子，但确实可以从小说等得知现实中的情况。只是我觉得我当时预感到现在好像也是对的。

石津是穷人家的女儿，身上有许多虱子。其他的孩子这样说她然后冷落她。她虽然作出一副好像很生气的样子，但又马上变成了孩子的笑脸。我觉得她的灵魂不是善良而是愚蠢。她读完书，虽然是中等成绩，但在人生的路上，比起不知假名的女人处世要更加疏忽，最主要的是其愚蠢的灵魂好像并没有得到成长。那个姿态很有魅力，但是，仅此而已。我不做老师的时候，想要把这个女孩子带到女子中学去接受教育。然后，不久就想到了自然的结果就是如果两人的肉体结合了的话，结婚也行。这确实是奇怪的妄想。我到现在都还被那个傻女孩奇怪地吸引着，这些放到现实作为起因的话，我就会沉溺于恋爱以及一个少女不久就结婚也可以之类的事情的想法里去。虽然这种事情是不自觉想到的，但我极其冷静。

高贵女老师的面貌轮廓我已经全忘了，在心里已无法勾勒。然而这三个少女的脸我到现在也记得清清楚楚。感觉石津即使被当作玩具，被踩踏，被虐待，也总是天真般地乐观，当然这在现实里是无法被验证的。石津即使被说身上充满了虱子，虽然在一瞬间还是会生气的，但最终也还是会回复到原本乐观的姿态。我有种预感，之后与妓馆的妓女接触的话，会常遇到这种如同孩子般乐天派的妓女。

我最近在思考是不是每个人从少年成长为大人的这段时间里有时候会比大人还要老成。

最近偶尔来拜访我的人有两个青年。都是二十二岁。他们之前虽然是属于右翼团体的国粹主义者，现在好像正在考虑人类真正的生活方式。虽然这两个青年好像能感受到我《堕落论》和《沦落论》中的真正意义，但他们的激情里面不包含这些。

果然有刚从战场回来的年轻诗人和编辑者。他们在我家里住了两三天，碰碰撞撞地做饭，这样的他们完全还是战争时期的样子，完全是野战的状态。被野放之后粗暴的野性完全显露出来。但是他们的灵魂中还是有着惊人的节制意志的，也就是说他们心里都藏着一个高贵女老师的面影。这些人也是二十二岁。他们现在还没有开始真正的肉体生活。他们的精神还没有发育到使肉体痛苦的年龄吧。这个时期的青年，比四五十岁的大人，更加老成。他们的节制是自然成形的，大人们的节制是强行克制的，不是被创造出来的。我觉得所有的人在某个期间都会经历困境，然后堕落。然而，和肉体一起堕落，不是失去了包括纯洁灵魂在内的更多的东西吗？

我晚年读伏尔泰的困境时苦笑，我当老师的时候，糊糊涂涂地追求不幸和痛苦，实际上，我只能幻想不幸和痛苦。那个时候我觉得让自己不幸的方法是去妓院然后染上最讨厌最污秽的疾病。这个想法很奇怪地植入在我的脑海中，盘结在一起。并没有什么很深的意味。可能是因为无法想象不幸是什么吧。

　　我做教员期间，那种作为社会人所感受到的处世的苦痛，也就是说和上级的冲突、被欺凌、党派之间的摩擦等，这些让人痛苦的机会我都没有经历过。当时那儿只有五位老师，党派什么的也不存在。而且在分校，主任也不是校长，没有那种责任感，他是一个非常没有责任感，对教育事业没有任何热情的男人。自己本身抛下授课，为有势力者的婚事东奔西走。有关学校教育的事情他从来没有一丝半点的指示。我因为不会音乐和算术而擅自给孩子们安排了不包含这两门课程的时间表，对此主任也没有丝毫意见，只是偶尔暗示我重视一下有权力者的孩子。只是我没有必要纠结于这件事，因为我对所有的孩子都是一般疼爱的，不必知道后续如何。

　　主任对我特别提过说叫荻原的是地主家的孩子，这个地主是学务委员。只是本来这个孩子是个好孩子，虽然有时会做恶作剧惹我生气，他很清楚我生气的原因，被我斥责原谅之后反而就安心了。某个时候，这个孩子说，老师只训斥我，说着哭起来了。

"并没有，实际上我是在宠爱你的任性。"

"这样啊。老师对我的训斥是特别的。"这样说着我笑起来了，他也立刻停止哭泣笑了起来。我和孩子之间的这种羁绊，主任是不会懂的。

孩子和大人一样狡猾。卖牛奶家的留级生也是，虽然确实很狡猾，但同时也有为了他人甘愿牺牲这样的正直勇气，就是说和大人不同的是，只是比大人要多一些正直的勇气。狡猾是没办法的。我觉得狡猾并不是坏德行，但同时，也不能失去正直的勇气。

某次放学后，学生和老师都回去了，我一个人在教员室里正迷迷糊糊，听到外面敲窗户的声音，我一看，是主任。

主任在回家的路上顺便去了有权力者的家里。有权力者的孩子哭着回家了，好像是因为被老师训斥了。说："因为父亲是学务委员自以为了不起，老师讨厌我，爸爸是个笨蛋。"

"太胡闹的事我没法插手。你到底为什么训斥他。"主任问道。

不巧，那天我确实没有训斥这个孩子。只是这个孩子所做的事情里面肯定有令人悲伤的理由，决不能只从表面判断，是吧？"其实也没有多大的事，只是因为有必须要训斥的事，所以就训斥他了。"

"那么，你，"主任露出一种谄媚的笑容，"你稍微出去解释一下。因为牵扯复杂，没有办法，我们得罪不起当权者啊。"

主任嘿嘿地笑道。主任是一个经常会露出这种谄媚笑容的男人。

"我觉得没有必要专门去。你也是回家的路上刚好碰到这件事，毕竟还只是个小孩子，明天他来学校时我再跟他好好谈谈。"

"这样啊。只是，你要是再那样训斥孩子，可不行哦。"

"行，孩子们的事情就交给我吧。"

"这样啊。只是，拜托你对那个孩子温柔一点，他可是有权力者的孩子！"

然后，不知道是不是因为那天主任心情不好，意外果断地走了。到现在我都难以忘记，他有点跛，走路时身子总是突出一边一拐一拐地走着。但是，那双腿走路特别快。

主任走后不久，那孩子就笑着过来了，隔着窗外叫老师，却又躲起来了。我虽然经常训斥这个孩子，但非常喜欢这个孩子。这个孩子很清楚我对他的疼爱。

"为什么为难父亲呢？"

"因为他总是发脾气嘛。"

"告诉我事实吧，回家的路上，你做什么了？"

和大人一样，孩子心中也藏着烦恼，不如说比大人的更深刻。虽说原因有时候很幼稚，但不能以幼稚为由去解决烦恼。这样的自责和苦恼不是七岁的孩子或者四十岁男人的特异之处。

他哭了起来。他偷了学校旁边文具店里的铅笔，是被卖牛奶家的小男孩威胁了才去偷的。也许是有什么把柄被那个留级生抓住了吧。我说，虽然那样的事情还是不要去做比较好，但是总之是没有办法才偷的。我会不说你的名字帮你代付的，不用担心。那孩子听后就高兴地回去了。几天后，他趁着谁都不在的时候，来到了教员室，取出了二三十钱，问道："老师，你已经付了吗？"

卖牛奶家的孩子可能是觉察到坏事暴露了担心被斥责，便非常勤快地工作。除了值日扫地之外其他任务他也主动接受，连玻璃都拼命地擦干净了。

"老师，厕所满了，需要我清理吗？"

"你能做这些事吗？"

"我只要能做的都会做，对了，把它们挑到后面的河里让它们流走。"

"真是胡闹。"

然后，我让他去随便做一些简单的活，他也都勤勤恳恳地完成了，我当时很惊讶但也觉得有一些好笑。

我走向他那里，他马上就向后退。

"老师，不要骂我。"

他很认真地把耳朵堵住眼睛闭上。

"啊，不骂。"

"老师原谅我吧。"

"老师原谅你了。以后不能怂恿别人偷东西哦。如果无论如何忍不住也要做坏事，就不要波及旁人。要做就自己一个人做，无论好事坏事都要自己去做。"

他一边嗯嗯地应着一边静静听着。

这样的职业，如果将对少年们进行说教作为自己生活方式的话是非常空虚的，无法持续。那时候，只是我一直很有自信。现在无法那样对孩子进行说教。那个时候的我完全沉溺于和自然的触感中，从灵魂中经常流传出像太阳颂歌一样的事物。我毫无羞愧地变成了老成的人，这样毫无羞愧的老成，实际上是一种空虚，当时我并没有意识到。也许当时没有意识到也是可以的吧。

我不做教员的时候很是迷茫。为什么一定要停止教员的工作呢？我学习了佛教，虽然想过做和尚，但那是对"悟"的向往，对求道的向往，对乡愁的向往。不会产生和教员生活一样的事物了。我这样想，虽说是对悟的向往，但终究是因为想要名誉，我感叹自己的这种卑贱。我完全没有在希望中燃烧。因为我的向往是在"抛弃世俗"这一形态之上，但是内心又因抛弃世俗而感到不安，已经感觉到了自己抛弃正确的希望之后的不安、悔恨和绝望。那还不够。一切都扔掉吧。那样的话，会有办法的吧。我自暴自弃，扔掉，扔掉，扔掉，不顾一切，只是盯着急于扔掉一切的自己。与自杀是生存手段之一一样，扔掉这种自暴自弃的志向不过实际上是青春之一，果然还是一直这样想的。我从少年时代就一直想要成为小说家。但是因为深觉自己没有那个才能，所以放弃了那个正确的希望，也才会有在底层工作的经历吧。

在教员时代里感到充实的一年间，在我的历史里，那好像是不属于我自己的时间，每次想起都会感觉像是假的一样，持有一种奇怪而不解的心情。

正冈子规

我去你留，两个秋

我原本以为对禅的彻悟，
就是不论何时何地，
都要有死的觉悟。
但是仔细想来，
是不论何时何地，
都要有活下去的意志。

正冈子规

1867—1902

日本明治时期著名的诗人、散文家。22岁时因患肺结核咯血，改号子规，取杜鹃啼血之意。他一生致力于研究和革新俳句、短歌等传统文学形式，与夏目漱石、高浜虚子等诗人和作家一起创办了《杜鹃》杂志，对后世产生了很大影响。在病逝之前，他曾写过一句："丝瓜花开时，痰塞苦成佛。"写完这首俳句的第二天，他便离开了人世。

恋

于七的心里有的只是属于她一个人的，

神一般的恋人，

和附于他的如火一般的恋。

　　虽然之前历史上就有过几段有名的恋爱，但我尤其对八百屋于七[1]的恋爱深表同情。感觉于七的内心，实在是可怜可爱。在温柔可爱的她的心里，有着像是要融合天地的情火，时常燃烧着。那火的气势逐渐变强而无法抑制，甚至连自己家都烧掉了。最终将自己的身体也投入了火中。世人可能会说她愚蠢吧。

[1] 八百屋于七：日本江户时代的一位少女，以"于七火灾"事件而闻名。

　　以某一派的伦理学者的行为结果作为善恶标准的人会将于七称为大恶人。将这个纯洁无瑕，如玉一般的于七称为大恶人的人也是傻子。于七的心里无贤无愚无善无恶无人间无世间无天地万象，甚至无思虑无分别。有的只是属于她一个人的，神一般的恋人，和附于他的如火一般的恋。如果世上有某物存在的话，无论那个物是房子也好，是树木也好，是人也好，是万物也好，都是要为了这个恋人和自己的恋爱而存在的。而且如果那物稍有一点妨碍自己恋爱的话，房子也好，树木也好，人也好，都会将它收拾掉。

　　只要这个恋爱成功的话，就算天地变成了粉末也毫不惊讶。如果这个恋爱无论如何也成功不了的话，就算在黎明受到酷刑也丝毫不会后悔。虽然本就没有可以后悔的地方，可死这件事不是很恐怖吗？想想一个弱女子受到火刑的时候她心里不会很不安吗？

　　仅仅烧掉了家的于七很可怜，临死的时候于七的心里也是悲伤得不得了。临近死亡的时候，她的内心究竟是怎样的？应该不会后悔以前有了情理外的恋爱。有时候在可爱的恋人身边会梦到雨夜里的故事；有时会梦见天烧起来了，在火焰里有无数的恶魔群聚在一起，自己的家烧起来了；有时感慨万千，胸中堵塞，泪流满面；有时茫然无措，无意却惘怅万千，像是灵魂出窍。虽然这毫无疑问是身处痛苦之中，然而在那份痛苦之中确实没有悔改前非的痛苦。

感情上，于七没有要后悔的理由。不是考虑是否放火，而是考虑于七为了恋爱一定要做的事，为什么要考虑关于那件事是好是坏呢？如果考虑那个的话恋爱从开始就不存在。又或者，在衙门里虽然县官教过她闪烁其词但是她毫不在意，为了恋爱即使被火烧也还是坦白了，县官也没有办法，判她为纵火罪。又或者，或许是想象的故事但也许想象的是对的，于七一定会这么回答。

县官也再三提醒过，可能也说过于七不是放火，而是在转移火的途中不小心落下的吧。那个时候于七说只因想见吉三先生，想着放火了或许会再次遇见他，她的内心一定在哭泣吧。在这里，她实在是可怜可爱。如果是害怕罪祸，于七一开始就不会放火。那样的话，于七临死时是否这样遗憾地想过，不止未觉得自己的罪是坏事，应该干脆把火扩大到江户，将宣告自己死罪的县官和让自己陷入死刑的法律，以及执行死罪的人一并烧了。不会，纯洁无瑕的于七不会有这样的心思。于七一定会觉得烧了家是做了坏事。如果那样的话，于七会不会觉得没有放火真是太好了？

本来这些事情不用想，人类世界的善恶，不会影响到立于善恶以外神明世界的恋爱。只是，于七在觉得放火是一件坏事的瞬间，良心有愧，会不会想着做了那样的事情不好？这样的事情于七其实很难想到。那样的话那个瞬间于七在想着什么事呢？那就是，觉得吉三很可爱。

起风了，要努力地活下去

堀辰雄

捉摸不透的雪啊，
请再下久一点吧，
一直下到即将消失在平原
某个角落的旅人回首处，
将你那霏霏落雪深深望断之时。

堀辰雄

若是没有宫崎骏，可能至今都没有多少人了解他，他是芥川龙之介唯一的弟子，昭和初期新心理主义的代表作家。1933年，他在轻井泽的一家旅馆中邂逅了创作油画的少女矢野绫子，并于次年与之结婚。然而，婚后第二年，绫子便因肺结核而去世。小说《起风了》就是他根据这一悲伤的经历创作而成的。宫崎骏曾直言"我很喜欢堀辰雄的作品"。2013年，小说《起风了》的同名动画电影被搬上荧幕，他的作品也为越来越多的人带来了感动。

晚夏

的确，

明天的事明天再说吧。

　　今早突然起了兴致，便关闭了轻井泽山里的小屋，来到了野尻湖。

　　实际上，昨天久违地去了镇上，准备买了点心就回来，但无论哪家店都已经关门了，最终镇上就只有美式咖啡馆还开着，进去之后，想要的东西又几乎都没有。虽然只有木纹蛋糕，但只剩下一半，无论多喜欢，也难以把这个买下。这个时候有一个老年外国人进来了。看起来是这家店的老顾客，"呀，点心，已经什么都没有了。"我很意外，他一边用着流畅的日语对店里的销售员说话，一边指着我难以买下的木纹蛋糕，"这是老鼠啃过的吗？"说着玩笑话。"可能是的，即使那样也行的话，我把这个作为礼物送给先生吧！"带有雀斑的年轻女孩子笑着作出了回复。"实际上是不好处理这个吧。"老年外国人精彩地应答。

在这样和气的聊天之后，我只买了饼干，赶紧出了店。然后返回的路上，脑海里突然浮现出这个时候在森林小屋里正在烧洗澡水的妻子的身影。不知为何突然间感觉很寂寞。一边想着出去旅行两三天，回来之后这样的心情也许会平静吧，正好路过运动用品店，看见店主人正在一个人收拾去横滨的最后的行李，无意中看到了像帆布手提包一样的物品，冒昧地进去了，突然下定决心去旅行，把那个买下了。那是一个好像放过球拍的包。什么也好，我打算将它代替丢失的波士顿背包，带着它去旅行。

抱着这样突然的想法，和妻子，我们两人去旅行了。最初是只绕着志贺高原、户隐山、野尻湖这一带游玩，也来过轻井泽，想着现在物色来年将要度过夏天的地方。但是，总之，因为我很容易疲劳，所以首先得是最凉爽的地方，就来到了野尻湖。

好像总是跟着外国人的足迹，虽然不好意思说，但我对那些家伙们所找出的事物感觉难以舍弃。在人们不太了解的深山里，仿佛找到了远离日本的奇妙风景，这可能是因为长时间远离祖国的他们无可奈何的乡愁。虽然在这样的山里度过夏天开始时很不方便，但还是忍受了，在那里习惯了他们的作风。感觉那样的地方能吸引我的心。

在乘公共马车去野尻湖的途中，在一片洁白的荞麦花盛开的田间，和刚刚过来的装满外国人行李的马车擦肩而过。反正夏天已经过了，人应该很少吧，说不定还会有湖滨旅馆，想着只要有外国人的小旅馆开着就行。在湖畔下车，到船的停留处，问了一下船夫。

"湖滨旅馆怎么样？"

船夫勉勉强强地站着，那里好像是南方外国人的小村庄，在湖岸能够看到红色的、绿色的屋顶。

"那个屋顶最旧的就是旅馆，好像还挂着幡，我们去那里住吧——你要去吗？"

我们互相看了彼此稍微有些不安的脸，但是，好不容易来到这里，那就去看看吧。好像能乘六人的旧摩托船只载了两人。

湖水很平静。在明信片上经常有的游艇一只也没有出现。只有载着我们的摩托船，水面飘来汽油的臭味，摩托船不停地发出引擎的声音。

终于看到了外国人村庄，在那个最破旧的地方，果然有一个红色屋顶的建筑物，上面的红幡飘荡着，很容易认出来。

下船上岸，马上就明白了。既然说是湖滨旅馆，本以为是很时尚的，结果完全不一样——用原木和粗绳做成的简陋小屋。我们又互相看了对方。算了，已经没有办法了，压住怒火将就一晚住在这里吧，我几乎是把妻子带的球拍包抢过来放在玄关了。

在玄关的旁边有放两三个木制椅子的小房间，那里变成了小酒馆。可以看到摆着像是进口货的威士忌和葡萄酒的瓶子，墙上挂着"Summer in Germany"的海报，稍微有点氛围。

第二次按下铃声之后，终于出现了一个穿着白色罩衣的年轻男子，和我们交流时说，有应该还要再住两三天的客人，这样能接受的话就请住下来。总之先让我们看看房间再住宿，鞋子——鞋子必须脱掉。

二楼里有五六间客房——而且面向西侧湖水的房间都是日式客房，只有在东侧，面向后山的两间小房间是洋房。夕阳折射照进了面向湖水的房间，有点刺眼，那样的话受不了，于是我们选择了一间景致不好的洋房。窗户下面堆积着柴火，也种着玉米，稍往前能够看到两三棵红松，然后是一条通往后山不知去向的路。但是，是一间比想象中更能让人平静的房间。

妻子说二楼有个挺好的阳台，我也就穿着拖鞋出去看看。我第一次看到这样的景象，正下方刚好能通过树枝组成的框架看到由群山围成的湖水的一部分。和地图一起对比着看，右手边的是斑尾山，然后稍远一点的，左边的是妙高山、黑姬山。然后就是虽然从这里看不到的但应该在那里的户隐山、饭纲山。

因为不是很累，晚饭之前到这个小村庄附近转了一圈看了看。

来到了陡峭的山丘的腹部，这里基本上没有空隙，别墅都混乱地建在一起，也不知道路从哪到哪，而且，路通向各栋别墅却没有任何间隔，各条路都互相交叉。太麻烦了！一不小心就马上在这些外国人的别墅林中迷路，幸好现在基本上都关门了，可以放心地随便走动。好像在这样的别墅里还有两三家外国人生活着，本以为是间空房，里面却还有人生活的响声。

这样在与世隔绝的外国人小村庄里无所事事地闲逛，尽管没有见过他们夏天热闹时的景象，但脑海里清清楚楚地浮现出，在某个我不知道的夏天，他们生活的影子。无论是否有人住，总有应季的草茫茫一片地生长在那里，围栏的板子都裂开了，现在看上去也好像很扎人的样子，虽然依旧有废弃的园子的感觉，但在里面，有人们的笑声，婴儿睡在吊床里面，狗在跑着，雏菊争相开放，蓝色的、红色的、白色的衣物都漂亮地悬挂着。到了傍晚，从上面的房间传出唱碟的声音，湖面上的游艇左右往来。然后，在盛开着水晶花的井旁，少女在一边汲水一边高兴地聊天。这样令人愉快的幻想不停地涌现出来。而且我一边走路一边像孩子一样对妻子不停地询问讲述，好几次走错了进入了别人的家里。

终于陡坡在湖岸这里就没有了，这次是走在岸边的沙地上。又有两三艘系在岸边的船，海浪啪啪地敲打在船尾上。那里也毫无人影，有一只系着白色锁链的狗，在浪拍打过来的时候，那只狗只有在那不停地转圈。

傍晚，我们在只有五六张桌子的小食堂里，眺望着隔着树林而闪闪发光的湖面，正准备吃含有芹菜的野菜时，两个外国年轻女孩刚好从外面回来，来到了食堂。先进来的，是个穿着短裤白色开领衬衫，发型像个男孩子，五官都很挺立的漂亮女孩，接着的是穿着蔷薇色衣服，感觉有点胖，好像很老实的女孩。两人快速经过我们的桌子，坐在了面向窗户的桌子。正好我和穿白色衬衣的女孩子面对面，妻子和穿蔷薇色衣服的女孩子背对背。

"是兄长吗？"妻子小声地对我说，我意识到她错将那个穿白色衬衣的女孩当成了少年，我不禁一边微笑一边摇头，正好等着送饭后甜点的女仆离开，"你啊，你好像把她错当成了少年，她是女性哦。"

"真的？"妻子说。但是她也不能回头看。妻子一边吃着布丁一边说有点油腻。

"虽然确实是女性，但也可能是男子。"我正说着那样的坏话，没想到那个女孩子突然紧闭眼睛。那个女孩子比我更早地移开了视线。

我吸着香烟，两人慢慢地喝咖啡，听到了从账房后面传来碟片的声音。"啊，玛利亚！"对面桌子穿蔷薇色衣服的女孩子发出了像是撒娇的声音。穿开领衬衫的女孩子吃着芹菜沉默地点点头。曲子安静地结束了，但有余音绕梁的感觉。意识到这个后，像是洗碗的人从厨房向账房里面瞥了一眼，将曲子换上了。那个时候我第一次注意到，好像在这个旅馆，从经理到厨师、洗碗人都是一个人在做。这次的曲子好像是圆舞曲之类的。

晚上，感觉嘴里好像一直留有芹菜的味道，我们到自己的房里稍微读了会儿书，但是房间很小又很闷热，就算开了窗户也还是这样，于是我们二人还是去了阳台那儿。

旁边面对湖面的房间突然熄了灯。那里好像是刚才的女孩子们的房间。我们走出阳台就这样一直默默地吸着烟，从旁边全黑的房间传出她们正在窃窃私语的声音。倾耳听的时候，一个人不停地用着撒娇的语气低声说着什么，另一人听起来好像没什么兴趣似的一直说着嗯嗯。然后有时又像意气风发的青年一样，发出好像什么都无所谓的冷淡笑声。

"不进去吗？稍微有点冷。"妻子说。

"……"我沉默，山上的天空不知何时已经飘出夜云了。

"那就回房间吧，明天打算做什么呢？"

"嗯……在这里再待一天也行。这里安静，能看看书。"

我像是想起来了似的，打开了手中的小书，打算继续从刚刚的地方读。

"在这么暗的地方，还是不要看了。总之，我已经累了，休息吧，明天的事明天再说。"

"嗯，就那样吧，明天的事明天再说。"

　　我又看了看飘着云的夜空。想着这是意味着明天早上的天气不太好啊。但是，算了，的确，明天的事明天再说吧。

　　天一亮就醒了，后山耳熟的小鸟间断地鸣叫着。这个夏天，虽然听过各种小鸟的啼叫声，但是只听过一遍，不清楚哪个是哪个了。现在也还早，一边迷迷糊糊地睡着一边听着小鸟的啼叫。

　　"喂，那个是什么来着……喂，好啊，我想起那个是什么的话你也就该起来了。没想起来的话就让你继续睡。"

　　妻子还在睡着，好像这只小鸟是什么都与她无关。

　　我一脸茫然的表情，努力地模仿那只小鸟的啼叫。好像想起来了。

　　"那是蒿雀！"我终于想起来了。我跳了起来，走到了窗边。从这里看到在红松的一枝上，一只橄榄色的小鸟飞来飞去。那一定是蒿雀。

　　"喂，起来啦。"我只有这样说，妻子不得不起床，立马换了衣服。然而没有什么要做的事，今天就个人而言将是一个极好的日子哦，去楼下洗了脸再回来，带着之前的小书去了阳台。以这样像是做好准备等待的心情，但在这里并不会出现好事情。第一，说是早上会下晨雾，结果没有，相反只是阴天，水天相接都是深灰色。妙高山、黑姬山都没有云，只有轮廓模糊地看得清。感觉就这样将会一整天阴天，令人不安的天气。

持续阴天，也没办法去别处，到天晴之前就在此处安静地看书也好。那样才最像我。我想着本应该特意去湖畔读这本书才是最好的。

我压制住怒火，妻子就那样慢慢地睡着了，我靠着阳台上的藤椅，阴空下，打开了之前的那本书。那是一个叫德罗斯特－徽尔斯霍夫[1]的独特女作家所写的《犹太人的榉树》。不像女人似的，作者以强劲的笔力写了一个以南方独特的山林深谷为背景，喝醉的丈夫在某个暴风雪的晚上横死在树林里，寡妇与儿子荒芜命运的故事。我正好读到了一半，弗里德里希在将他收为养子的叔父西蒙的恶性影响下渐渐成为村

---

[1] 德罗斯特－徽尔斯霍夫：德国女作家、诗人，代表作有《宗教的一年》《犹太人的榉树》。

里的恶棍——某天，在森林里因为一点事情和他发生过争吵的某一个山林监视人在那之后马上被谋杀了。首先弗里德里希有嫌疑。但是，他有不在场证明，事件就这样进入了迷宫。下个星期天的黎明，为了去教会，月光之下在厨房里搜寻祈祷书的弗里德里希被穿着睡衣的叔父西蒙在门口叫住。两三次的争吵之后，弗里德里希知道了那个杀人犯实际上是叔父。就这样，他也没有去教会了……

这时，终于起床了的妻子，好像还是很困的样子，默默地坐在我旁边的藤椅上。我知道这个，只是视线无法从书上挪开，那页看完之后就一直那样盯着。然后终于向妻子做出了释然的表情。

"能聊一下吗？"妻子看着我说。

"今天是看书还是说出去哪里转转，感觉说不准，这个天气的话……"

"出去的话要是中途下雨就太扫兴了，想就在这里这样读书。"

"那样也好啊。"

　　妻子也总有一天会变得在意。因为妻子已经习惯了我这样反复无常，说不定抱着随我便的观念。就这样决定了，妻子安静地去房间扎发髻了，过了一会儿妻子也带了本书出来。然后和我一起坐着看书。

　　有时，小鸟会擦过我们的头，发出微弱的振翅声，踉跄地飞走了。

　　之前那两个女孩子的房间还是窗帘放下的安静状态，没有任何响声。之后终于醒了，两个人叽叽咕咕说着什么就出去了。以此为机会，我们下去食堂吃早饭了。

　　趁着还看不到那两个女孩子的期间，吃完早餐从食堂出来的我们，没有回房间，就这样休闲地散步去了。不管怎样，趁着还没下雨，想着尽可能看看这附近，去了昨天在小村庄里没有走过的路。到湖岸这里停下看了看，对面的斑尾山总算变得有些明亮了，甚至各处可见青瓷色的天空。这样继续顺利的话，说不定会变成多云的天气。

　　沿着湖岸走到了村庄的尽头，从那里通过被落叶深埋的陡坡又返回到了村庄。和昨天一样，又很好笑地走进了别人的家里。阳台、百叶窗、木制楼梯，每个都和昨天看到的几乎一样。感觉像是走到了和昨天的同一处。无意中在一栋大别墅里迷路了，准备返回，突然看到在别墅的后面，在后门那的一棵白桦树的阴处有一个看板，上面只能看到一部分写着"Green……"的拙劣文字。不知为何感觉这是一个稍微有点时尚的店。靠近那个后栅门，白桦树遮住的一半是"……Grocery"。什么啊，原来是蔬菜店啊。但是，这样的房子后面居然有一家蔬菜店，怎么样都感觉很奇怪，推开那个后门一看，在那里除了有蔬菜店外还有杂货屋、理发店、冰店，一堆小店都建在一起。然后在那里路变成了三岔路，从东方过来的路在那里就分开了，一方是经过这个别墅的后面通到村庄，另一方好像从前就是这个村庄的路，面向西方，刚才下来的路，是通向森林里的两千米长的路。大型的黑姬山立在森林后面。森林的左手边远远看上去像是户隐山。这里感觉好像信浓路。在那个分为三岔路的地方，除了刚才的那些小屋之外，还有之前的农民的房屋并在一起形成了村庄。那些有些脏的农民房屋，好像和村庄没什么交流，总有一天会倔强地与村庄相背，和以前一样只对着黑姬山和户隐山。这里完全就像是会产生一茶那样的诗人的很有田园风格的乡间。这样的一个很有田园风格的村庄，和前面时髦的外国人村庄只隔了一个栅栏门，互相之间毫不关心。这一点，我感觉说不出的有趣。

感觉天气会一直这样，淡薄的日光还是一会儿有一会儿无。我们暂时在那个三岔路的地方转悠了一会儿，也不能一直这样转，就决定到向东的那条路上转了转。这条被竹林围着的路，好像不知从何处与通向旅馆的后面的路汇到了一起。在这条路上走着，马上就从树间看到了南方饭纲山稳重的姿态。

午饭之后，我待在房里，躺在阳台的藤椅上伸着腿，以一种不太礼貌的姿态继续看着《犹太人的榉树》。故事终于到了高潮的部分，村里的某一个结婚场面。席上，养子弗里德里希的命运终于遭受了狂风暴雨般的袭击。首先，和他关系最好的，一个名叫约翰的孤儿从厨房里偷盗黄油未遂被大家赶出村子了。仅仅如此弗里德里希就感觉到大家的目光转向了他，又因为向大家炫耀银手表的事情，被放债的犹太人在大家面前侮辱。那个晚上，那个犹太人在森林里的一棵大树下被杀死。弗里德里希也变得不知所踪。只剩下母亲徒增寂寞。

我终于看到只剩结尾了，关上那本书。就这样靠在藤椅上，疲惫的眼睛盯着湖面看了一会儿。一如既往的阴空，有点模糊的山，暗淡无光的湖面——只是这样看着，感觉它们像是展现出各自的平静。

住在一起的外国女孩们，下午没有出去，好像很无聊地躺在房间里。之后两人开始读书了。什么样的书呢？穿蔷薇色衣服的女孩在低声读书。穿开领衬衫的女孩听到之后，时不时发出冷淡的笑声。

"喂，"我正好回头看到来阳台的妻子，"有点想到对岸去看看。如果问下面租借船的商家，会不会租借给我们啊。"

"要不去试试？"

妻子觉得比起陪我看书不如去对岸看看。我们离开了旅馆。正在下陡坡的途中，一个老爷爷背着空的网篮，好像喘不过气似的敞着衣襟。和蹒跚的老爷爷擦肩而过，他似乎对我们说了什么。于是我们两人回头看，发现那个老爷爷就那样一直喘着气，虽然对我们说了一些话，但是很难听清楚。无论如何，我们现在正在路上。最后终于明白了老爷爷的话，好像是老爷爷想要去自己儿媳妇那里，却不知道方向。我们因为没见过，所以说不知道。老爷爷一脸惊讶地盯着我们看。再问我们也没什么用，他就这样下坡了，我们又一次回头看时，老爷爷在那里弯着腰不知在做什么，发出了嘎吱嘎吱的声音。捡起穿着不知是谁丢弃在那里的废弃草鞋，替换了自己已经变得破破烂烂的鞋。虽然看起来像流浪者，但其实是在附近工作，回去的样子感觉很奇怪。

"到底是什么人呢？"

"好像很可怜。"

"但是，我受不了那样的。有没有办法能帮上忙的呢？"

我一边说着，一边突然想起了德罗斯特－徽尔斯霍夫的故事，因命运的压力，从一个很有理性的女性渐渐变成了愚蠢的老人，马路贾勒特的母亲。

　　走近湖岸出租船的商家，打招呼却没有回应，想着没有哪一条路是可以走去对岸的，正打算回去，这时终于出来了一个背着婴儿的像是女主人的人，把我们叫回来了。我说，能否租借一艘摩托船，她惊讶地盯着我们看了一会儿——以一种"你不知道这个村庄所发生的事情吗"的疑惑表情——不久对我们说，傍晚对岸的村里有婚礼举行，丈夫被邀请过去，已经乘船出去了，到现在还没回来。之后女主人又说，因为约定了明早要赶紧将出行的队伍送到对岸去，为了赶上这件事而不回来的话真的很困扰，所以没法租借给我们，于是我们就从那里赶紧回去了。

　　"没有办法，稍微沿着岸边走过去看看吧。走到基督教青年会？"

　　"就这样走没关系吗？"

　　我们一边说一边去往和外国人村庄相对的基督教青年会那边的湖岸。

　　沿着湖上上下下的小径，突然和湖并行，然后又通向树林深处。从树干之间看到湖面闪着微弱的光。渐渐地看不见斑尾山了，正面看到妙高山和黑姬山并排而立。

"今天这样走走挺好的啊。"

"嗯，喜欢像在今天这样的阴天下散步。"

慢慢地，树林变得广阔了。在这样的树林里，看到来夏令营的人在各处留下了乱糟糟的痕迹。树枝被无情地折断。路过这种地方的时候，我们都会稍微加快脚步快速走过。

前面突然变得明亮，在那里有一栋靠山的房屋，门紧闭着。那就是基督教青年会的别墅。然后那里靠湖的地方，有一片用栅栏围着的沙地，那里也有小屋。我们推开栅栏，毫无顾忌地进去了。

在那里不知湖水从何处过来。不知是否因为这个原因，在这一带的湖水给人一种深不可测的感觉。因为斑尾山和黑姬山远古时候的火山爆发，这一片的山谷几乎都被埋没了，只有野尻湖这一个地方还保留着以前的模样。站在这里的湖汊，一片繁茂的树林，有一种见到了传说中的黑姬山的那种遥远的感觉。斑尾山现在正从我们的身后逼近吧。

我们在那里眺望着山水，在岸边的沙地上闲逛，所到之处都有篝火残留的痕迹。

"这是波恩火节的痕迹……"妻子想起了自己女学生时期的事情，用稍微上扬的语气对我说。

"波恩火节是什么？"我努力从妻子口中问话。

"啊，你不知道波恩火节吗？有点惊讶呢。"妻子说。"傍晚之后大家都围着篝火祈祷，唱颂歌，做礼拜等——这些结束后，一边吃着烤面筋、面包，一边围着篝火跳舞游玩。很棒的哦……"

我听着不太喜欢，最后说，"吃烤面筋吗？真好啊。"

但是，在我心里，在这样被山围绕着的湖畔，以篝火为背景，许多的年轻女孩子们高兴地嬉戏的光景，鲜明地浮现在我的脑海里。

妻子捡起了在那里残留的柴火，丢向了湖面。然后落在了水无法到达的沙地上，潮汐时，水会一直向沙地来回牵引。

我也想这样做。想着将柴火扔到湖水里给妻子看看，中途突然意识到这样做不好便扔下了柴火。做了这样的事情之后如果胸口开始疼起来的话，那样就必须返回了。

妻子马上意识到了我的悲伤，寂寞地埋着头。

湖水一直向着对面牵引，我们返回旅馆。

芦苇群生，没有任何干扰我们的事物。有一处崩塌的湖岸，在那里生长的水楢小树全都横着倒向湖水，青叶都聚到一起了。我们为了避开那些树，必须走和水擦边的地方。但是甚至是那时，我们的脚下都没有一个波浪过来，而且也没有任何气味。就这样，整个湖都好像在某个深处呼吸，感觉到某种异样。

"Zweisamkeit……"这样的话真不知隔了多少年从我口里再次冒出。和孤独的寂寞不同，虽然和这个几乎是同类的，也可以说是当前的寂寞，这样的东西在此时的人生不也有吗？

"是这样，你啊……"我喃喃自语。

"什么？"想着这样妻子会不会追问我。但是妻子好像没有听到这句话，我只有稍后默默地跟上了。

傍晚，又和之前的外国人女孩子们一起，和之前一样进入食堂，坐在之前的桌子那儿，然后吃饭时和之前一样说一些话。对方说不定也觉得我们也是和之前一样。

想着今晚说不定没有芹菜，但汤里面又有芹菜。吃饭的时候，嘴里总是留有那股味道。

我们去往二楼的房间，那两个女孩子就直接出去了。

我今晚无论如何都打算将《犹太人的榉树》看完。妻子先睡了，深夜一人看书。弗里德里希和约翰从村子里消失之后过了将近三十年。（在此期间，弗里德里希的母亲去世，虽然村里的人都已完全改变，但只有那棵树和以前一样，犹太人死在那里的那棵树。附近城镇的犹太人将那里买下，在那棵树上留下了诅咒的话语。）某个飘雪的圣诞节夜里，有一个流浪汉去了那个村里。那个人是约翰。虽然在村里人的照顾下生活了几天，但某一天，约翰又不知所踪。之后不久就又在之前的那棵树上发现约翰缢死的尸体。开始传出"约翰"实际上是弗里德里希的流言——在那棵树上的犹太人的话语下接着的另一句话是这个故事的结尾——"你靠近此处时，曾经你为我做的事实际是为了你自己的利益。"

终于在将近十一点时把这本书看完，去上厕所的时候，刚好遇到那两个女孩子从外面回来。到这个时候才回来，去了哪里呢？惊诧之余，我瞥见了两个女孩子正要脱鞋。两人好像注意到了我，穿开领衬衣的女孩子以一脸不开心的样子脱着鞋。但是，另一个穿蔷薇色衣服的女孩子不知为何以恐怖的眼神看着我。

第二天早上终于下了蒙蒙细雨。看不见群山，湖面一片白雾。想着正好是出行的好时刻，于是将订返回的汽车一事拜托给了账房的男子。之前的两个女孩子在那天晚上的出行，一个去了神户，一个去了横滨。终于从明天起，这个旅馆好像要关门到冬天。

因为这里的旅馆没有电话，所以得亲自去借用一下汽车，那个男人在蒙蒙细雨中骑着车出去了。

我们之后又上了二楼，将身边的物品放入之前的球拍包里，我已经没有什么事了，撑着脸发呆。妻子在给母亲写初次到访此处的明信片。

看向窗外，终于看到了覆着毛毛细雨的后山。穿着蓑衣的男子手里拿着缰绳，赶着背上堆积着湿透了的草的马，有气无力地走在那条上升的路上。那匹马的旁边有一匹十分可爱的小马跟着。有时候会擦母马的身体，用腿来和母马嬉戏。马夫、母马都不顾及小马所做的事毫不犹豫地走上去了。小马最终从母马背上叼出了一些草，好像无事发生将它衔在嘴里。在那草里，还夹杂着像是花一样的东西……